아이스크림방에 알람이 울리면

아이스크림방에
알람이
울리면

박지숙
장편소설

네오
픽션

차례

고교생, 조직원 앞에서 쓰러져 사망······ 체내 마약 검출 • 7

학교에서 영업 중_지석 • 8

3월의 교실_선우 • 12

동아리, 돈독방_준 • 17

배움엔 여러 종류가 있다_지석 • 21

지석과의 재회_선우 • 26

내가 찾은 1등 자리_지석 • 31

돈독방 환영회_준 • 36

새로운 놀이에 빠지다_선우 • 41

갓생을 살겠어_준 • 47

긴 하루_선우 • 54

악몽 같은 날_준 • 67

마지막 경고_선우 • 71

텔레그램에서 새로운 길을 찾다_준 • 81

위험한 투자설명회_준과 지석 • 85

진수가 사라지다_선우 • 94

축 개업, 아이스크림방_준과 지석 • 102

희망과 절망이 도착했습니다_선우 • 111

마왕의 삶이 시작되다_준과 지석 • 117

드라퍼의 세계_선우 • 121

마왕이란 이름을 얻다_준과 지석 • 128

지름길에서 길을 잃다_선우 • 138

특별한 배달_선우 • 148

위대한 독고준 • 154

선택_선우 • 170

부메랑_준 • 178

아이스크림이 녹는 시간_준과 지석 • 189

불청객이 찾아오다_준과 지석 • 195

오징어 잡는 법_선우 • 205

다시 봄, 재활센터에서 • 214

작가의 말 • 222

고교생, 조직원 앞에서 쓰러져 사망……
체내 마약 검출

지난 12월 3일 새벽, 서울의 한 골목에서 고교생 A군(17)이 조직원과의 말다툼 중 쓰러져 병원으로 이송됐으나 끝내 숨졌다. A군은 과도를 들고 조직원을 위협한 뒤 밀쳐진 것으로 알려졌다.

현장에 있던 조직원의 신고로 119가 출동했으며, 부검 결과 사인은 약물에 의한 심장마비였다. A군의 체내에서는 마약 성분이 검출됐다. 경찰은 조직원의 폭행 여부를 조사하는 한편, A군이 마약에 노출된 경위를 수사 중이다.

학교에서 영업 중_지석

이어폰에서 스텔라(Stella)의 〈Ashes〉가 울린다. 경쾌한 기타, 빠른 드럼이 터질 때마다 비트에 맞춰 발끝이 저절로 움직인다. 이 노래만 들으면 자세도 걸음걸이도 달라진다. 어깨가 펴지고, 걸음이 경쾌해지고, 턱이 올라간다. 마치 몸에 딱 맞는 슈트를 입은 톰 하디처럼 복도를 당당히 거닐게 된다.

1반 교실을 힐끗 봤다. 덩치 큰 놈 하나가 나를 보자마자 고개를 푹 숙였다. 웃음이 나왔다. 중학교 때부터 내 단골손님, 삼십오만 원 연체자. 2반을 지나자 십삼만 원 연체자가 슬쩍 고개를 돌린다.

음악이 절정으로 치닫고 있었다. 나는 비트에 맞춰 복도를 지배했다. 마치 내가 이 학교의 숨겨진 보스라도 된 듯. 한때

잘난 척하던 놈들이 내 앞에서 고개를 떨군다.

'새끼들아, 진작 알아봤어야지. 이제 너희들 운명은 내 손바닥 안에 있다.'

가슴이 부풀었다. 어깨에도 절로 힘이 들어갔다. 누가 지나가나 싶어 옆을 힐끔거리던 애들이 나랑 눈을 마주치자 황급히 시선을 바닥으로 떨궜다. 수군대던 소리도 내가 다가가자 뚝 끊겼다. 몇몇은 괜히 신발 끈을 매는 척하거나 휴대폰을 하는 척했다.

3반, 4반을 지날 때도 빚진 놈들이 사자 앞에 선 사슴처럼 내 눈치를 봤다. 음악은 끊이지 않았다. 내 걸음걸이도 거칠 게 없었다. 복도 끝 전신 거울을 보기 전까지는.

167센티미터, 54킬로그램. 헐렁한 교복 안에 쑥 들어간 몸뚱이. 거울에 비친 내 모습은 늘 기분을 더럽게 만든다. 그래도 상관없다. 몸은 키우면 된다. 톰 하디처럼. 옷을 입었는데도 터질 것 같은 광배근, 삼두근, 대흉근. 슈트를 찢어버릴 것 같은 근육들. 살아서 꿈틀거리는 근육 덩어리. 염색체마다 마초 본능이 새겨진 것 같은, 수컷 그 자체. 맞으면 뼈가 으스러질 것 같은 주먹. 나도 언젠가는 그런 몸이 될 거다. 돈을 벌고, 몸을 키우고, 슈트 핏 하나로 모두를 압도하는 남자. 지금은 헐렁한 교복 자락에 묻힌 54킬로짜리 몸뚱이지만, 곧 다 찢어버릴 거다. 톰 하디처럼.

이어폰 너머로 "I'm not fucking burning in the ashes!"가 터져 나왔다. 나는 'fucking'에 힘을 주어 따라 불렀다.

'나는 꺼지지 않는다. 나는 이 복도의 왕이다.'

머릿속에서는 아직 음악이 울리고 있었지만, 교실 문 앞에 다다른 나는 허세는 접고 계산기를 켰다. 이제 왕이 백성들에게 세금을 걷을 시간이니까. 자리에 앉자마자 이어폰을 빼고 가방에서 검은 수첩을 꺼냈다. 먼저 휴대폰 앱으로 입금 상황을 확인했다. 어젯밤 경고 문자도 무시한 애들이 수두룩했다. 그들의 이름을 수첩에 모조리 표시했다.

그때 교실 문이 열렸다. 고개를 들어 들어온 놈들을 살폈다. 두 남학생이 아침부터 키득거리며 들어왔다. 휴대폰을 보는 척하며 대화를 엿들었다. 온통 일본 애니메이션에 관한 이야기만 했다.

'이놈들은 패스.'

다시 문이 열리고 독고준이 웨이브 진 머리카락을 한 손으로 쓱 쓸어올리며 들어왔다. 시발, 영화 찍냐? 보자마자 외면했다. 재랑은 같은 중학교를 나왔다. 걘 전교 회장이었고, 졸업식 땐 외부 장학금에 국회의원상까지 쓸어갔다. 얼굴도 제법 잘생겼고, 성적도 좋고, 말도 잘한다. 쟤만 보면 선생님들 태도가 180도 바뀌었다. 무슨 왕자님이라도 되는 줄. 저놈은 나를 모를 거다. 아니, 알 리가 없지. 중학교에서 난 늘 그림자였으니까. 근데 난 쟬 안다. 알고도 남는다. 세상에서 제일 재수 없는 놈. 그냥 존재 자체가 빡친다. 저 새끼는 숨만 쉬어도 학교에서 박수받던 놈이니까.

문이 다시 열리고, 세 명이 한꺼번에 들어왔다.

"어제 어느 팀에 걸었냐? 첼시?"

"아니, 난 맨유."

스포츠 토토를 하는 아이들이었다.

'찾았다, 고객님. 미끼만 던지면 바로 입질이 오지.'

나는 싱긋 웃었다. 애들 눈빛만 봐도 알겠다. 아직 돈 냄새도 못 맡은 애들이 널렸다. 이제, 내가 알려줄 차례다.

'예비 고객 확보.'

막 시작된 고등학교 생활이 생각보다 괜찮을 것 같다. 학교는 나의 사업장이다. 여긴 돈 떨어질 일 없는 노다지다. 나는 기지개를 켰다. 오늘도 고객들이 줄을 설 테니까.

3월의 교실_선우

"땄다! 이번에도 땄어!"

교실에 들어서자마자 맨 앞자리에 앉은 덩치 큰 남학생이
소리쳤다. 그러자 다른 남자애들이 우르르 몰려갔다. 나도 무
심코 몸을 틀었지만, 선뜻 다가가진 못했다. 아는 얼굴이 하나
도 없었으니까. 대부분 같은 중학교 출신이라 그들끼리 이미
무리가 단단히 짜여 있었다. 나는 조용히 내 자리에 앉아 힐끔
거리며 그쪽을 바라봤다.

"와, 나 여기 재능 있는 거 아니냐? 이러다 오십 억 건물주
되는 거 아니야?"

덩치 큰 애가 휴대폰을 자랑스럽게 들어 보이며 웃었다.

"뭐야, 대박인데?"

"야, 꽁머니로 해. 배당금 미친 사이트 있어."

"어디? 링크 줘 봐!"

아이들은 분주했다. 딴 돈 자랑하고, 불법 토토 링크를 돌리고, 웃고 떠들었다. 쉬는 시간마다 반복되는 풍경이다. "땄어!" 소리만 들리면 "와!" 하며 달려가고, 자랑하고, 부러워했다. 나는 그 무리에 끼지 못했다. 아니, 정확히는 끼어들 엄두조차 나지 않았다.

이 학교에 입학하고 가장 먼저 깨달은 건, 남자애들 대부분이 토토를 한다는 것. 누군가는 꿈이 토사장이라고 했고, 누군가는 한 달 용돈을 몽땅 털어 넣었다며 으쓱거렸다. 나는 그런 소리를 들으며 교실 한구석에서 조용히 공부하는 척했다. 이 학교에 아는 친구라곤 진수 하나뿐이지만, 진수는 5반이다. 3월이 다 지나도록 내 이름을 불러준 사람은 담임선생님뿐이다. 나는 계속 얌전히 자리에만 앉아 있었다. 초등학교 입학 첫날처럼.

'나도 토토를 해야 하나?'

문득 그런 생각이 들었다. 애들은 토토 얘기만 해도 웃고 친해지고, 나는 점점 교실 한쪽에 묻혀가는 것 같았다.

그때 앞문이 열리며 검은 백팩을 한쪽 어깨에 걸친 채송이가 들어왔다. 순식간에 교실이 조용해졌다. 하얀 피부에 찰랑이는 검은 단발머리가 햇빛을 받아 반짝였고, 쌍꺼풀은 없지만 큰 눈과 위로 올라간 눈꼬리, 날렵하게 솟은 코끝이 눈길을 끌었다. 아이들 사이에서는 채송이가 전형적인 고양이 상이라는 말이 돈다. 도도하고 당당한 태도까지 더해져 그런 인상이 강했다.

채송이는 마치 아이돌처럼 교복조차 고급스럽게 소화했다. 그 위에 명품 겉옷을 입고 나타날 때마다 여자아이들은 채송이의 옷차림을 힐끔거리며 살폈다.

"쟤 코트 너무 예쁘다."

"쟤 또 백화점 가서 플렉스 했나 보다."

채송이는 같은 중학교 출신 사이에서 '플렉스 걸'로 불린다. 아버지는 기업체 사장이고 어머니는 유명 발레단의 발레리나 출신이라는 소문도 있다.

나도 채송이에게서 시선을 거둘 수 없었다. 연예인을 보는 기분이었다. 하지만 채송이는 또래들과 어울리지 않는다. 조용히 철학책이나 외국 소설 같은, 나에게 낯선 책을 읽으면서 지낸다. 혼자이지만 주눅 들지 않는다. 송이의 그런 모습이 단단해 보여서 부럽다.

3월의 교실은 아이들이 서로의 눈치를 보며 무리를 만드는 시기다. 누가 누구와 친해지고, 어떤 그룹에 들어가는지가 이때 결정된다. 나도 어떻게든 자리를 잡아야 할 것만 같았다. 자꾸만 초조해졌다. 그런 교실에서 아무렇지 않게 혼자 있는 송이는 나와 정반대였다.

"선우야, 한판 어때?"

급식을 먹고 책상에 엎드려 있는데 진수가 축구공을 들고 나타났다. 반가운 얼굴에 활짝 웃으며 고개를 들었다.

"콜!"

운동장으로 나가 땀을 뻘뻘 흘리며 뛰었다. 꽃샘추위가 여전했지만 차가운 바람은 우리의 열정을 막지 못했다. 진수는 몸싸움을 걸며 공을 빼앗았고, 나는 태클을 넣어 되찾았다. 마지막에는 중거리 슛으로 승부를 보았다. 진수가 먼저 찬 공은 곡선을 그리며 골대 안으로 들어갔다. 인프런트킥, 일명 바나나킥이었다.

"봤냐, 봤어?"

진수가 가슴을 고릴라처럼 쾅쾅 치며 우쭐댔다. 키 180이 넘고, 몸무게 90킬로그램에 가까운 진수는 정말 고릴라 같았다. 가만히 있을 수 없었다. 골대 상단 구석을 향해 신중히 슛을 쐈다. 공은 아슬아슬하게 골대를 스치며 들어갔다.

"골인, 골인! 진수야, 봤냐, 봤어?"

나도 진수 앞에서 가슴을 쿵쿵 치며 세리머니를 했다.

"미쳤다! 원더골이다. 이건 진짜 야신도 못 막겠다."

진수는 눈이 휘둥그레져 "미쳤다!"를 연발했다. 기분이 한결 나아졌다.

"너도 스포츠 토토 하냐?"

교실로 돌아가기 전, 궁금해서 물었다.

"미쳤냐, 축구는 발로 해야 제맛이지! 손가락으로 왜 하냐."

진수의 말에 큭큭 웃었다. 비슷한 생각을 가진 친구가 곁에 있다는 사실에 든든함을 느꼈다. 진수를 향해 하이 파이브를 했다. 우리의 손이 공중에서 짝! 하고 시원하게 부딪쳤다.

동아리, 돈독방_준

고등학교에 입학하자마자 나는 이 학교에서 가장 인기 있다는 경제동아리 '돈독방'에 지원했다. 돈독방은 '돈을 공부하는 경제 독서 모임방'의 줄임말이다. 이름부터 어딘가 간지 났다. 이 동아리에서는 단순히 경제이론을 배우는 데 그치지 않고 모의투자에 실전투자까지 할 수 있다고 한다. 그래서 매년 경쟁률이 높기로 유명하고, 작년엔 7대1, 올해는 무려 9대1이라는 소문까지 돈다.

나는 합격을 위해 자기소개서와 활동계획서를 보고서 수준으로 준비했다. 아버지 덕에 초등학생 때부터 주식투자를 시작했다는 이야기, 내가 직접 짠 포트폴리오와 수익률 현황, 실제 주주총회 안내문 사진까지 빼곡히 채워넣었다.

그 얘길 아버지에게 했더니 아버지는 예상대로 고개를 끄덕
이며 말했다.

"중학교에서 회장 선거 나갔을 때처럼 철저히 준비해. 입시
에 유리하다면 제대로 해야지."

나는 대답하지 않았다. 회장 선거 과정을 떠올리기조차 싫
었으니까.

"왜 대답을 안 해?"

"제가 알아서 할게요."

"입시는 전쟁이야. 혼자 싸우겠다고 설치지 말고 쓸 수 있는
건 다 써. 아버지가 실탄은 다 제공해주잖냐."

어쩔 수 없이 "네"라고 답하고 방으로 들어와 문을 잠갔다.
아버지가 '성공'이라 부르는 그 방식은, 이기기만 하면 수단은
상관없다는 거다.

어릴 때 동생이랑 거실에서 놀다가 아버지의 골프백을 실수
로 넘어뜨린 적이 있다. 생각보다 큰 소리는 나지 않았다. 얼른
다시 세우려는데 살짝 열린 지퍼 틈으로 이상한 게 보였다. 골
프채 대신 들어 있던 건 차곡차곡 쌓아 올려진 종이뭉치였다.
가까이 들여다보니 지폐였다. 가짜 아니야? 싶었지만, 손끝으
로 만져본 감촉은 확실히 진짜였다.

그때 안방 문이 열리는 소리가 들렸다. 나는 황급히 지퍼를
닫았다. 아버지는 골프채 하나 없는 가방을 메고 골프장에 간

다고 말하며 집을 나섰다. 그리고 그날 밤, 술에 취해 돌아와 소파에 털썩 앉아 웃으며 말했다.

"계약 따냈다!"

그날 이후 아버지가 골프백을 메고 나가는 날이 많아질수록, 사업이 눈에 띄게 번창했다. 우리 가족이 사는 아파트 평수도 함께 넓어졌다.

중학생 때 내가 전교 회장 선거에 나갔을 때도 아버지는 같은 방식을 썼다. 엄마에게 카드를 내밀었고, 엄마는 학교 모임에서 다른 학부모들에게 식사를 대접했다. 그리고 다음 날, 경쟁하던 남자 후보 두 명이 출마를 포기했다. 어머니가 단순히 밥만 산 건 아닐지도 모른다. 테이블 밑에 아버지의 골프백 같은 무언가가 있었을지도 모른다. 그래서 아버지가 개입하는 모든 일은 늘 성공적이었다.

"목표가 있으면 수단과 방법을 따지지 마. 무조건 이겨. 세상은 원래 이긴 놈이 다 갖는 거야. 성공은 돈과 권력 있는 놈한테만 가는 거고."

아버지의 논리는 가정 안에서도 예외가 아니었다. 부부 싸움이 벌어지면 아버지는 어머니를 무능력자라 몰아세우며 생활비를 끊었다. 그 방식은 우리에게도 적용되었다. 아홉 살 어린이날, 나는 기차 장난감을 갖고 싶다고 말했다. 그러자 아버지는 나를 거실 테이블 위에 세우고 그 장난감이 꼭 필요한 이유를 설명하라고 했다. 지금으로 치면 프레젠테이션이었다.

그 후로 돈이 드는 일엔 늘 아버지 앞에서 프레젠테이션을 해야 했다. 설득력이 없으면 얻을 수 있는 건 아무것도 없었다. 우리 삶에는 언제나 아버지의 결재 도장이 필요했다.

공부까지도 철저히 아버지의 기준 아래 있었다. "공부 못하는 놈에겐 투자하지 않는다"는 말은 매일 듣는 밥상머리 훈계였다. 싹수 보이는 놈에게만 몰빵 한다는 논리였다. 나와 유림은 집에서도 루저가 되지 않기 위해 발버둥 쳤다. 마치 끊임없이 달리는 러닝머신 위에 올려진 기분이었다.

나는 점점 그 철학에 길들여졌고, 결국 나 자신을 '투자할 만한 상품'처럼 가공하는 법을 배웠다. 외모도, 성적도, 말투도. 모든 게 스펙이었다.

돈독방은 성공적인 입시를 위해 반드시 들어가야 했다. 면접을 준비하며 안경 대신 렌즈를 끼고, 곱슬머리를 펴기 위해 미용실에도 다녀왔다. 작은 디테일까지 신경 써야 목표한 걸 이룰 수 있다는 걸, 나는 이미 알고 있다.

며칠 뒤, 돈독방에서 문자가 왔다.

'합격.'

나는 핸드폰을 한참 들여다보다가 천천히 숨을 내쉬었다.

배움엔 여러 종류가 있다_지석

수업만 시작되면 몸에서 힘이 쫙 빠진다. 머릿속 스위치도
딸깍, 꺼진다. 그 순간, 나는 교실에서 제일 쓸모없는 놈이 된
다. 선생이 칠판 앞에서 뭐라 떠들기 시작하면 내 안에선 한 문
장만 자동 재생된다.

'어쩌라고!'

수학이면 숫자랑 이상한 부호 들이 두통처럼 머리를 때리
고, 영어만 나오면 머릿속 단어들이 싹 증발한다. 나는 존재감
제로인 책가방이 된다.

뒷자리는 그나마 유일한 이점이다. 교과서를 방패 삼아 선
생 몰래 유튜브를 켰다. 요즘 꽂힌 건 전직 조폭이 운영하는 채
널이다. 입이 거친 그 아저씨는 찰진 욕을 섞어가며 전설 같은

썰을 풀어댔다. 강남 골목에서 5대1로 붙어서 피를 봤다느니, 상대 조직원의 각목을 뺏어서 머리를 박살 냈다느니……. 듣고 있으면 입이 안 벌어질 수가 없다. 이 채널은 완전 대리만족용이다. 나를 놀리고 짓밟던 놈들을 상상 속에서 저 아저씨처럼 쥐어패며 울분을 풀게 된다. 현실에선 주먹 한 번 못 휘둘러 봤지만.

댓글 중에 왜 감방에 갔냐고 묻는 사람이 있었는데, 아저씨 말로는 마지막 놈이 칼 들고 달려드는 바람에 그걸 뺏어서 찔렀다나 뭐라나. 그래서 '학교'에 다녀왔다고 했다. 감옥을 왜 학교라 부르냐는 질문엔 "거기서 세상 사는 법 다 배웠거든"이라고 답했다. 범죄의 기술, 사기의 기술, 돈 버는 기술 같은 것들을 배웠다고.

나는 고개를 끄덕였다.

그래, 어디든 배울 게 있으면 학교지. 좋든 나쁘든 간에.

나도 학교에서 배운 게 존나 많다. 욕은 기본이고, 모욕은 서비스였다. 조롱은 덤처럼 따라왔다. 체육 시간엔 나랑 팀 하겠다는 애가 없었고, 음악 시간엔 변성기 목소리 때문에 애들의 웃음거리가 되었다. 미술 시간엔 내 손은 똥손이라는 걸 온몸으로 체감했다. 학교는 하루도 빠짐없이 나한테 알려줬다. "넌 쓸모없는 놈이야"라고. 그것도 지겹도록 반복적으로. 소외감, 수치심, 패배감이 하루 세끼처럼 꼬박꼬박 배달됐다.

졸업식은 그 학습의 피날레였다. 상 하나 없이, 초등학생 땐 선우를 향해, 중학생 땐 독고준을 향해 들러리처럼 박수를 쳐야 했다. 엄마와 함께.

학교는 공부 잘하는 애들만 사람 취급한다. 나는 그 기준에서 영원히 밀려난 애고. 내 학교생활을 요약하자면 이렇다. 운동? 좆망. 성격? 개찐따. 친구? 없음.

이러다 보니 초딩 땐 엄마가 결국 인맥 써서 친구를 붙여줬는데, 그게 선우였다. 문제는 그 선우가 내가 못하는 공부와 운동을 너무 쉽게 해낸다는 거였다. 심지어 착하기까지 했다. 진짜 얄밉게 미워지지도 않게 만들어놓고 주변 사람들한테 사랑 듬뿍 받는 놈. 나는 선우가 밉다기보다 그런 선우를 시샘하는 나 자신이 더 역겨웠다.

그래서 이사로 선우와 멀어졌을 땐 솔직히 좀 속이 시원했다. 근데 뭐, 중학교에서도 똑같았다. 선우가 독고준으로 바뀌었을 뿐. 학교에서 주인공은 항상 남이고, 나는 그냥 배경이었다. 학교는 여전히 의미 없었고, 나는 그냥 책가방처럼 등교했다. 첫 교시부터 엎드려 자는 게 일상이었고 점심시간엔 갈 데가 없어 교실에 남아 게임했다.

근데 그마저도 재밌지가 않았다. 실력 없는 나를 욕하는 채팅창을 보면서 '나는 진짜 별 볼 일 없는 놈이구나'만 다시 확인했다. 내 중딩 인생은 그냥 노답이었다.

중2 때 선생님이 그랬다. "청소년기는 자신의 꿈을 찾아야 하는 시기"라고. 자기가 좋아하는 걸 잘 살펴보라고. 그 말이 진짜 웃겼다. 꿈은 무슨 꿈. 할 줄 아는 게 하나도 없는데 뭘 어떻게 찾으라고.

근데 아이러니하게도 그해에 진짜 내 재능을 하나 찾긴 했다. 의외의 장소, 바로 할머니 집 안방에서.

명절마다 친척들이 모이면 할머니 꽃담요 위에서 화투판이 벌어진다. 그날은 작은아버지가 "이거 두뇌 계발에 좋아"라며 조카들까지 끼워줬고, 결과적으로 나는 그날 식구들 돈을 싹 쓸어 담았다. 노름에 일가견이 있던 작은아버지는 박수 치며 말했다.

"지석아, 너 카지노 가도 대박 나겠다!"

그 많은 재능 중에 도박에 재능이 있다니, 참!

엄마는 눈을 흘겼지만 태어나서 누군가가 내 능력을 인정해준 건 그때가 처음이었다. 그날 이후 도박이 더 알고 싶어졌다. 유튜브로 관련 영상들을 찾아보기 시작했다. 도박 수학, 배당률, 승률 계산, 바카라 패턴 분석법 같은 키워드로 검색해서 몇십 편은 봤다. '초보를 위한 포커 확률' '카지노 딜러의 비밀' '절대 따라 하지 마세요' 같은 제목이 붙은 영상들이 오히려 더 끌렸다.

어느 순간부터는 노트에 확률 정리도 해보고, 눈에 익은 패턴은 스크린숏 찍어가며 따로 저장해뒀다. 재밌었다. 수학 문제 풀 땐 머리가 아팠는데, 이건 오히려 짜릿했다. 그 후 불법 도박 사이트에 입성했다. 거기서도 내 승률은 제법 좋았다. 그때 처음 알았다. 나 같은 놈도 딸 수 있는 판이 있다는 걸.

지석과의 재회_선우

쉬는 시간에 토토하는 애들 사이에 끼지 못해 또 책상에 엎드려 자는 척했다. 엎드린 채 무심히 옆을 봤다. 두 손을 무릎 위에 얹고 시선은 발끝에 고정한 채송이가 보였다. 그 애의 발엔 익숙한 실내화 대신 반짝이는 검정 샤넬 슬리퍼가 걸려 있었다. 채송이가 슬리퍼에 묻은 먼지를 손끝으로 살살 털어냈다. 그러고는 손바닥으로 로고 부분을 조심스럽게 한 번, 두 번 쓸었다. 마치 부서질까 조심하는 것처럼.

그 모습을 보다 무심결에 "샤넬이네"라고 중얼거렸다. 그때 채송이가 고개를 들어 나와 눈을 마주쳤다. 단 한 번도 말해본 적 없는 애. 그런 애랑 눈이 마주친 거다.

머릿속이 하얘졌다. 뭐라도 말해야 하나 싶었지만, 입이 얼

어붙어 눈알만 살짝 위로 굴렸다. 나, 원래부터 창밖 보고 있었
어. 그런 느낌으로. 그러자 채송이도 고개를 돌렸다. 눈만 마주
쳤는데 가슴이 두근거렸다. 나도 모르게 가슴 쪽으로 손이 갔
다. 심장이 장난 아니게 뛰었다. 연예인과 눈이 마주친 거나 마
찬가지니까 그럴 수밖에 없었다. 어색해서 휴대폰을 꺼내서
진수한테 점심에 축구 한판 뜰래? 하고 문자를 보냈다. 바로
답이 왔다.

[헉 미안ㅜ 감기 때문에 조퇴했어. 나 나으면 바로 콜!]

종례가 끝나고 누구보다 먼저 교실을 나왔다. 하굣길, 꾸부
정하게 앞서 걷는 아이의 뒷모습이 눈에 들어왔다. 걸음걸이
가 낯익었다. 속도를 높여 옆모습을 확인했다.
지석, 엄지석이었다. 지석은 무슨 영상을 보는지 옆에서 지
켜봐도 반응이 없었다. 옆에서 고개를 빼 영상을 같이 보는 척
했다. '조폭에게 배우는 쏠쏠하게 돈 버는 법'. 지석의 휴대폰
위로 내 얼굴을 쑥 들이밀었다.
"너 지석이 맞지?"
지석이 이어폰을 빼며 나를 바라봤다.
"나 몰라? 양선우야, 선우! 와, 진짜 오랜만이다."
"어, 네가 여긴 어쩐 일이야?"

지석은 놀란 얼굴이었지만, 금세 반가운 표정을 지었다. 우리는 빠르게 근황을 주고받았다. 5반이라는 말에 나는 진수 얘기를 꺼냈고, 지석은 "당근 모르지"라며 어깨를 으쓱였다. 당근을 매번 쓰는 말투. 여전히 어릴 때 그 지석이었다.

그런데 삼 년 만에 만나서일까, 지석은 어딘지 모르게 달라져 있었다. 초등학생 때는 그냥 조용하고 수줍음이 많은 아이였다면 이제는 반항기 있는 조금 거친 소년 같은 분위기가 풍겼다. 옷 스타일도 바뀌었다. 나도 모르게 힐끗거리며 지석을 위아래로 훑었다. 지석이 입고 있는 패딩과 신고 있는 신발에는 명품 로고가 새겨져 있었다. 명품이라고는 몇 개 알지도 못하는 내가 알아볼 정도로 유명한 브랜드의 옷을 사려면 돈이 만만찮게 들었을 텐데, 저게 다 어디서 났을까 싶었다. 지석의 집이 명품을 살 정도로 돈이 많은 집은 아니었는데 말이다. 중학교 삼 년간 지석에게 어떤 일들이 일어난 것 같았다. 로또일까? 그게 뭔지 궁금했다.

"진짜 너 봐서 다행이다. 우리 반 애들이랑은 말이 안 통해. 토토 얘기밖에 안 해. 무슨 유행 탄 것도 아니고, 왜 다들 거기에 진심인지 모르겠어."

지석이 고개를 살짝 돌리며 헛웃음을 지었다. 한심하다는 듯, 말 같지도 않다는 듯.

"너도 해. 그럼 친구도 생기고 좋지. 온라인게임보다 쉬워."

"근데 그거 불법이잖아."

내 말이 끝나자 지석은 발을 멈추고 어깨에 얹힌 내 손을 툭 치웠다.

"양선우, 너 아직도 초딩이니?"

대놓고 촌스럽다고 하는 것 같았다. 순간 자존심이 상했다.

"그렇게 따지면 이 세상은 불법 천지야. 명절에 고스톱 치는 것도, 수학여행 가서 술 마시는 것도, 우리 반 애들 담배 피우는 것도 다 불법이지. 근데 누가 잡혀가냐? 걍 다 눈감고 넘어가는 거야. 세상이 그래."

그 논리에 말문이 막혔다.

"토토는 게임이야. 롤만 알면 이길 수 있어. 너도 RPG 해봤잖아. 아이템 없으면 지는 거. 이건 그거보다 쉬워. 배당률 보고, 흐름 보고, 분석 조금만 하면 돼. 머리 있는 애들이 더 잘해. 너 같은 애들이 딱이야. 그 머리, 학교에서만 쓰긴 아깝지."

그 말에, 이상하게 끌렸다.

"내가 안전한 데 알려줄게. 여기 아무한테나 안 알려줘. 철저한 회원제고, 추천인이 있어야 들어갈 수 있어. 먹튀 절대 없고, 배당금도 바로바로 입금돼."

"진짜?"

"내가 추천인 해줄게. 지금 가입해."

지석은 운동장 끝 벤치로 나를 이끌었다.

"휴대폰 줘봐."

망설임도 잠시, 나는 결국 휴대폰을 건넸다. 지석은 바로 사이트에 들어갔다. 손놀림이 능숙했다.

"근데 만에 하나 적발되면 나도 잡혀가?"

"당근 그럴 일 없어."

지석이 단호하게 말했다. 적발이 아예 안 된다는 것인지, 적발되어도 사용자는 처벌받지 않는다는 것인지 모호했지만 더 묻지 않았다. 지석은 내 표정을 읽고 덧붙였다.

"겁나냐? 그럼 안 해도 돼."

도발이었다. 나는 정색하며 말했다.

"나 겁먹은 거 아니거든?"

그러자 지석은 피식 웃으며 다시 휴대폰을 받아들었다.

"좋아, 그럼 본격적으로 해보자."

지석은 사이트에 자신의 추천인 코드를 입력했다. 그러고는 추적당하지 않는 계좌를 개설하는 방법과 현금을 충전하고 배당금을 출금하는 방법까지 전수해주었다. 모든 과정이 일사천리로 이루어졌다. 내 손엔 로그인된 사이트가 남았다.

"스트레스받을 때만 살짝 해. 과몰입은 금물. 알지?"

지석이 마치 형처럼 조언하며 돌아섰다.

내가 찾은 1등 자리_지석

선우가 긴 팔로 아무렇지 않게 어깨동무를 한 순간이 자꾸 떠오른다. 불쾌하다. 고등학생이 된 선우는 초등학생 때보다 훨씬 잘생겨져 있었다. 딱 봐도 순하게 생긴 얼굴, 눈매는 살짝 처지고, 웃지도 않았는데 괜히 착해 보이는 얼굴이었다. 그런 얼굴에 키도 컸다. 거의 180센티미터는 되는 것 같았다. 난 실리콘 키높이 양말까지 신고서야 겨우 170인데.

"멀대같이 큰 게 겁은 왜 그리 많아, 병신같이."

토토 앞에서 선우가 조심스럽게 망설이던 얼굴이 생각났다. 겁먹은 얼굴. 내가 안 해도 된다고 했을 때 거의 울 듯한 표정을 짓던 모습에 웃음이 나왔다. 처음이었다. 선우보다 내가 더 우월하다고 느낀 건. 그 맛이 꽤 달콤했다. 지금껏 나보다 우월

하던 놈이 내 손 안에서 흔들리는 게.

어릴 적, 선우는 내 절친이었지만 항상 형 노릇을 했다. 난 늘 덜떨어진 동생 취급을 받았다. 선우는 잘생긴 데다가 예의도 발랐다. 선생님이 하는 말이라면 팥으로 메주를 쑨다 해도 믿을 정도로 말을 잘 들었다. 친구들의 부탁도 웬만하면 거절하지 않아서 인기도 많았다. 우리 엄마조차 선우가 집에 오면 나한테보다 간식을 더 챙겨줬다.

걔 옆에 서 있으면 난 집에서도 그림자 같은 존재가 됐다. 학교에선 '지석'이 아니라 '선우 친구'로 불렸다. 그래서 이사 간다고 했을 때, 난 하나도 아쉽지 않았다. 선우 없이 새롭게 시작할 수 있을 것만 같았기 때문이다.

하지만 기대했던 중학교 시절은 내 최고 암흑기가 되었다. 얼굴 때문에. 안 그래도 볼품없는 외모인데 여드름까지 더해져서 '존나 못생김' 쪽으로 확실히 기울었던 시기였으니까.

한번은 역사 교과서에 지게를 진 조선시대 소년이 실려 있었는데, 어떤 놈이 수업 시간에 그걸 보고 외쳤다.

"와, 지석이가 교과서에 실렸어요!"

반 전체가 웃었고, 선생도 웃었다. 난 반박도 못 했다. 위로 찢어진 눈, 마르고 볼품없는 몸이 나와 너무 닮아 있었다. 굴욕을 견디려고 샤프로 지우개만 꾹꾹 찔렀다. 애들 웃음소리는 영원처럼 길게 들렸고, 제일 크게 웃던 놈들 얼굴은 아직도 선명하다.

하지만 다 옛날얘기다. 지금은 전세가 완전히 역전됐다. 그때 가장 크게 웃던 놈들이 내 밑에서 설설 기는 꼴을 보면 그만한 통쾌함도 없다.

마음을 가다듬고 가방에서 검은 수첩을 꺼냈다. 오늘만 해도 선우 포함 다섯 명에게 불법 도박 사이트 가입 방법을 알려줬다. 이건 내 사업의 일환이다. 다른 사람을 가입시킬수록 내게 포인트가 쌓이고, 그놈들이 돈을 잃을수록 적립금이 늘어난다. 조만간 누군가는 돈을 빌리러 오겠지. 그때는 이자 붙여 빌려주면 된다. 이게 내가 만든 환상의 '선순환 수익 구조'다. 반 애들 절반 이상이 도박에 빠져 있으니 가능한 일이다.

수첩은 이름과 적립금 메모로 빼곡하다. 손으로 계산하는 맛이 짜릿하다. 환전 후 통장에 입금된 금액을 확인했다. 오늘도 나쁘지 않다. 하루를 꽉 채운 느낌이다.

수첩을 가방에 넣고, 이번엔 노트북을 꺼내 엑셀 파일을 열었다. 돈을 갚지 않은 놈들의 이름은 붉은색으로 정리돼 있다. 금액, 상환일, 미납 이자까지 꼼꼼히 체크했다. 옆에 계산기를 두고 이자 계산을 하고, 독촉 문자도 보냈다. 귀찮지만 이건 내 주 수입원이다. 안 할 수 없다.

나는 도박으로 번 돈으로 중2 때부터 대부업을 시작했다. 백만 원이 생기자마자 생각했다. 어떻게 굴릴까? 고민 끝에 떠올린 게 소액 대출이었다. 친구들에게 20퍼센트 이자를 붙여 돈을 빌려주기 시작했는데 소문이 퍼져 같은 학년뿐 아니라 선배들까지 찾아왔다.

돈이 생기니까 권력도 따라왔다. 이름도 몰랐던 애들이 친한 척하고, 예전에 날 놀리던 놈들이 "일주일만 더 기다려줘" 하며 빈다. 그 통쾌함은 진짜 말로 다 못 한다.

'블랙리스트'라는 이름의 파일을 열었다. 상습 고액 채무자들만 모아놓은 파일이다.

"시발, 남의 돈 빌렸으면 갚아야지. 내가 호구냐?"

한숨이 나왔다. 이놈들은 협박 문자를 보내도 꿈쩍하지 않는다. 수위를 점점 높여가고 있는데도 무반응이다. 문제는 애네가 날 안 무서워한다는 거다. 말발은 되는데 몸이 멸치라 실제 위협이 안 된다.

며칠 전, 졸업한 선배들이 나를 찾아왔다. 이 학교를 다녔던 선배들인데, 지금은 근처 중고등학생 상대로 댈구, 댈입이나 하는 지질한 놈들이다. 그런 놈들이 나한테 제안을 했다. 고액 체납자 돈을 대신 받아주겠다고. 대신 수금한 금액의 10퍼센트를 수수료로 달란다. 잘나가는 후배님에게 힘이 되어주겠다며 아부성 멘트도 곁들였다. 그들의 어설픈 문신, 싼티 나는 옷차림이 웃겼다.

"생각해볼게요."

그렇게 말하고 돌려보냈지만, 그 제안은 머릿속에 계속 남아 있었다. 귀찮고 피곤한 일에 내가 나설 필요 있을까, 돈 몇 푼이면 해결되는 문제라면 그게 더 효율적인 거 아닐까라는 생각도 들었다.

'외주를 줄까?'

나는 자세를 고쳐 앉으며 다시 계산기를 두드렸다.

돈독방 환영회_준

"신입 회원 여러분, 반갑습니다!"

수업이 끝난 후, 돈독방 신입 회원 환영회에 참석했다. 담당인 사회 선생님이 환영 인사를 했다.

"돈독방은 돈독이 오른 사람이 오는 동아리가 아닙니다. 자본주의 사회에서 살아가기 위해 꼭 필요한 경제와 금융 지식을 배우고, 나아가 실전투자까지 경험해보는 곳입니다. 그러니 절대 도박처럼 접근해서는 안 됩니다."

선생님이 '도박'이라는 단어를 힘주어 말할 때마다 살짝 찔렸다. 사실 나는 한 방을 노리고 들어온 거였으니까.

"주식시장은 기업이 성장하는 과정에 우리가 직접 참여할 수 있는 곳입니다. 투자를 통해 우리는 돈을 관리하는 법을 배우고, 재정적 책임도 함께 익히게 됩니다. 단순한 경제 공부를 넘어 사회를 이해하고, 돈의 속성을 고민해보는 시간이 되길 바랍니다. 여러분의 돈독방 합류를 진심으로 환영합니다."

말을 마친 선생님은 신입 회원 한 명 한 명에게 다가와 인사를 건넸다. 그리고 대여섯 명을 한 조로 묶어 팀을 구성해주었다. 조당 자본금은 오십만 원으로 정해져 있고, 각자 십만 원 안팎의 투자금을 모아 실제 주식에 투자하는 방식이었다. 조마다 공동 계좌를 만들어 자금을 운용하고 수익금은 인원수대로 나누면 됐다.

동아리방 벽면은 화려했다. 선배들이 작년 연말에 유명 카페를 통째로 빌려 파티를 열었던 사진이 정중앙에 붙어 있었고, 그 옆에는 전국 청소년 주식 투자대회에서 상을 받은 순간을 담은 기념사진도 전시돼 있었다. 진열장에는 금빛 트로피와 액자에 담긴 상장이 있었는데, '수익률 1위'라는 타이틀이 선명히 새겨져 있었다. 정말로 단순한 동아리 수준이 아니라 성과로 증명된 투자 집단 같았다.

동아리방으로 피자와 치킨이 도착했다. 환영회를 위해 준비된 음식이었다. 선생님은 개인 일정으로 뒤풀이에는 참석하지 않았다. 선생님이 자리를 뜬 뒤엔 돈독방 회장 민석 선배가 환영사를 이어갔다.

"지원자가 워낙 많아서 뽑기 정말 어려웠어요. 한 명 한 명다 스펙이 쟁쟁해서요. 그 어려운 9대1 경쟁률을 뚫고 들어온 여러분, 진심으로 환영합니다!"

간단한 자기소개가 오가고, 간식을 먹으며 동아리 분위기를 익히는 시간이 되었다. 그때 선배들 사이에서 갑자기 한 이름이 튀어나왔다.

"근데 조선지게꾼은 왜 지원 안 했냐?"

"그러게. 걔는 진짜 제일 먼저 올 줄 알았는데."

내 옆에 앉은 신입 회원이 고개를 갸웃했다.

"조선지게꾼이요? 누구예요?"

민석 선배가 피자를 한 입 베어 물며 대답했다.

"중학생 때부터 사채놀이 하던 애 있어. 친구들한테 돈 빌려주고, 이자까지 꼬박꼬박 받아 처먹는 놈이지."

다른 선배가 말을 보탰다.

"아무도 걔 못 건드려. 토토 하는 애들이 워낙 많은데 다들 걔한테 돈 빌려 썼거든. 걔 신고하면 다 같이 망하는 구조야."

"그냥 다들 아는 거야, 걔가 학교 공식 사채업자라는 거."

그 말에 피식 웃음이 흘렀다. 또 누가 한마디를 덧붙였다.

"며칠 전엔 몽클레어 패딩에 발렌시아가 트리플S 신고 왔더라."

"진품이겠냐? 짝퉁이지. 요즘 짭도 퀄 괜찮던데."

"진짜 같던데. 난 좀 부러웠어."

"부럽긴 뭐가 부러워, 얼굴이 조선지게꾼인데."

대놓고 웃긴 말에 다들 웃었지만, 그 웃음엔 묘한 기색이 섞여 있었다. 다들 조롱하는 척하면서도 그 애가 진짜 명품을 입고 다닌다는 사실은 어쩔 수 없이 부러운 것 같았다. 누군가가 조용히 중얼거렸다.

"근데 우리 중에 진짜 돈 버는 애, 걔밖에 없긴 하지."

맞장구는 안 쳤지만 다들 동의하는 분위기였다. 한 선배는 괜히 목소리를 낮춰 말했다.

"제일 짭짤하게 벌고 있긴 하지."

"야, 우리는 건전하게 투자 배우는 거고 걔는 그냥 사채업자야. 비교할 걸 비교해. 걘 신고당하는 순간 그냥 퇴학이야."

그러면서도 몇몇은 진열장에 놓인 트로피가 아니라 그 애의 명품 신발이 떠오르는 듯 인터넷에서 그 신발을 검색해 가격을 알아봤다.

난 조선지게꾼에게 흥미가 갔다. 그들에게 '질 낮은 아이' 취급받는 그 아이가 궁금해졌다. 대화 중 선배들이 던지는 단서들을 조합해보다가 우리 반 애 한 명을 떠올렸다.

"혹시 걔 5반인가요? 우리 반에 머리부터 발끝까지 명품으로 도배하고 다니는 애가 있거든요. 쉬는 시간이면 걔를 찾는 애들이 제법 많던데. 이름이 뭐예요?"

"걔가 너랑 같은 반 됐어? 걔 본명이 뭐더라? 하도 조선지게꾼이라고만 불러서. 아, 생각났다. 지석이다. 엄지석이야."

민석 선배가 알려줬다.

비리비리하게 생겨서 그렇게 대담한 행동을 할 거라고는 상상조차 못 했는데. 걔가 조선지게꾼이라는 게 믿기지 않았다. 보이는 게 다가 아니었다. 하지만 한편으론 관심이 갔다. 어떻게 나랑 같은 나이에 그런 사업 아이템을 만들었는지, 얼마나 벌었는지.

새로운 놀이에 빠지다_선우

최신 영화 무료 감상! 여기를 눌러주세요!

〈귀멸의 칼날〉 극장판을 보고 싶어 검색창에 제목을 쳤는데 무료로 감상할 수 있는 곳이 있었다. 불법 스트리밍 사이트였다. '무료'라는 빨간색 글자가 계속 깜빡거리며 내 눈길을 사로잡았다.

"무료라고?"

망설임 없이 바로 클릭했다. 최신 영화와 애니메이션 그리고 예능과 드라마, 웹툰까지 장르를 가리지 않고 내가 즐겨 찾는 콘텐츠들이 다 있었다.

'이 많은 걸 무료로 즐길 수 있다니! 미쳤다!'

제대로 된 곳을 찾은 것 같아 환호했다. 그런데 특이하게 생긴 광고 배너가 너무 많았다. 호프집 LED 광고판처럼 휘황찬란하게 반짝거렸다. 마치 유흥가를 보고 있는 느낌이었다. 무슨 광고인지 자세히 보니 모두 스포츠 토토나 카지노 같은 도박 사이트 광고였다.

원하는 영화를 찾던 중, 사이트 하단에 적힌 '아스널'이란 세 글자가 눈에 확 띄었다. 아스널은 내가 가장 좋아하는 축구팀이다. 동영상을 누르자 화면이 바로 스포츠 영상으로 넘어갔는데, 아스널의 경기라기보다는 경기 결과를 예측하는 인터넷 방송이었다.

그 방송을 무척이나 재미있게 봤다. 방송 중계자는 아스널이 리버풀과의 경기에서 이길 거라고 예상했다. 중계자의 입담이 장난이 아니었다. 그리고 경기 이야기를 하면서도 스포츠 토토를 할 수 있는 사이트를 안내해주는 멘트를 계속했고, 화면 아래에 주소도 올려놓았다.

"돈 벌어가세요."

중계자의 말에 나도 그 주소를 눌렀다. 불법 스포츠 토토 사이트였다. 회원가입은 굉장히 간단했다. 신분증 제시도 성인인증도 할 필요 없었다. 신입 회원에게는 이벤트로 만 원을 충전해준다고 했다.

회원가입을 하려는데, 지석의 말이 떠올랐다. 아무 데나 들어가지 말라는 말이. 바로 사이트를 빠져나왔다. 그런데 그곳에서 곧장 URL 문자가 왔다. 어떻게 내 전화번호를 알았는지 알 수 없었다. 나는 놀라 차단을 누르고 문자를 삭제했다.

다른 사이트에도 들어가 봤다. 이번에도 아까 보았던 무료 다운로드가 반짝거리며 나를 유혹했다. 도박 사이트에 들어갔다 온 후 이상하게 도박 사이트 광고가 어디에나 보였다. 마치 누군가가 도박으로 들어가는 문을 내가 가는 곳마다 만들어놓은 것 같았다. 끈질긴 호객 행위에 마음이 흔들렸다.

이렇게 된 거 차라리 친구가 알려준 사이트가 안전할 거라는 생각이 들어 지석이 알려준 곳에 들어갔다. 로그인하니 내 앞으로 꽁머니 만 원이 적립되었다. 사이트에는 다양한 게임이 있었다. 언제나 애들 옆에서 지켜보기만 하고 해보지 못했던 게임도 있었다.

"공짜 돈 만 원만 써보지, 뭐. 어차피 내 돈도 아니잖아."

게임 목록 중 하나가 눈에 들어왔다. 타조가 달리다가 고개를 왼쪽으로 돌릴지, 오른쪽으로 돌릴지를 맞히는 단순한 미니 게임이었다. 가볍게 클릭했다.

'이게 뭐라고 떨리지?'

손가락 끝이 묘하게 간질거렸다.

스포츠 토토는 시작이 어려워 보였다. 팀 분석, 선수 컨디션, 경기력 통계까지 공부할 게 많았다. 하지만 이건 아니었다. 유치원생도 할 수 있을 만큼 단순했다. 그게 오히려 좋았다. 생각 없이 할 수 있다는 게.

"오른쪽!"

나는 무심코 외치며 손을 모았다. 게임이 시작되고 경쾌한 효과음이 흘러나왔다.

오 초 뒤, 결과가 나온다.

로딩 막대가 밀려올 때마다 입술이 바짝바짝 탔다.

"제발, 오른쪽! 가자, 가자!"

타조가 고개를 돌렸다. 오른쪽. 정확히 내가 외친 쪽으로.

눈앞에서 숫자가 깜빡이며 올라갔다.

+5,000원

'이렇게 쉽게 딴다고? 이거 뭐야, 왜 이렇게 쉬워?'

가슴 깊은 곳에서 이상한 흥분이 피어올랐다.

'이래서 애들이 하는구나.'

머리로는 멈춰야겠다는 생각이 들었지만, 손은 이미 다음 게임을 누르고 있었다.

"이번엔 왼쪽이다, 왼쪽!"

또 맞혔다.

+5,000원

이제 화면 속 숫자가 진짜 돈이 되었다. 돈이 자라는 걸 눈으로 보니 멈출 이유가 없었다. 다시 타조가 달렸다. 눈은 충혈되고 손은 땀에 젖었지만 전혀 지치지 않았다. 지면 분해서 다시 해야 했고, 따면 기분 좋아서 또 해야 했다. 게임을 멈출 이유는 어디에도 없었다.

"선우야, 아직 안 자고 뭐 해?"

엄마가 내 방문을 열며 물었다. 나는 재빨리 인강 사이트 화면을 띄웠다.

"눈이 다 빨갛게 되었네. 선우야, 너무 무리하지 마. 공부보다 건강이 우선이야."

엄마는 따뜻하게 데운 우유를 두고 나갔다. 쟁반 위에는 여느 때와 같이 포스트잇이 붙어 있었다. 중학교 선생님인 엄마의 습관이다. 노란색 포스트잇에는 '고진감래: 고생 끝에 즐거움이 온다. 우리 아들 홧팅!'이라고 적혀 있었다. 언제나 이런 식이다. 무언가를 먹을 때도, 잠들기 전에도 꼭 붙어 있는 포스트잇. 건강이 먼저라고 말하면서도 늘 공부를 응원하고, 더 멀리 가길 기대하는 그 메시지가 이중적으로 느껴진다.

그래서 이번엔 다른 쪽으로 파이팅 했다. 토토 미니 게임으로. 환전 신청도 했다. 생전 처음으로 벌어본 돈이었다. 내 돈도 아닌 꽁머니로 클릭 몇 번 했는데 오십만 원이 생겼다. 만져 보기도 힘든 돈이 어떻게 이런 단순한 게임으로 들어올 수 있을까. 믿기 힘들었다.

'이 맛이구나. 이 맛에 애들이 쉬는 시간에도 했던 거구나.'

나도 이제 애들 사이에 낄 수 있다는 생각에 내일이 기다려졌다. 그런데 손끝이 여전히 마우스 옆에서 근질거렸다. 다시 한 판만 하면 더 벌 수 있을 것 같았다. 침대에 누웠지만 눈을 감을 수 없었다. 눈앞에 또 타조가 달리고 있었다.

새벽 한 시가 넘은 시간에 진수에게 카톡이 왔다.

[선우야, 내일 아침 축구 한판 어때?]

[나 너무 피곤해서 일찍 못 일어날 것 같아!]

사실은, 축구보다 더 하고 싶은 게 있었다. 오늘 딴 돈 자랑하면서 애들 반응 보는 상상에 밤잠을 설쳤다.

갓생을 살겠어_준

돈독방은 생각보다 더 체계적이었다. 들어오기 전에는 단순히 바로 주식투자로 돈 버는 방법에 대해서 공부하는 줄 알았는데, 주식투자 전에 경제에 대한 이론 공부부터 시작했다. 읽어야 할 책 목록도 만만찮았다. 실전투자에 대한 정보는 선배들에게 많이 배웠다. 선배들의 실패담은 흥미로웠고, 투자에 큰 도움이 되었다. 게다가 이 동아리는 입시에도 도움을 준다. 특히 경제학과 같은 관련 학과를 지원할 때 플러스 되는 사항이 많다. '수시를 위한 빵빵한 생기부'라는 동아리 홍보 문구는 빈말이 아니었다.

본격적인 투자가 시작되자마자 각 팀은 비밀리에 만나서 따로 공부했다. 수시로 온라인 회의도 했다. 조별로 경쟁을 붙여

놓자 내 승부욕에도 불이 붙었다. 나는 경쟁을 시켜놓으면 질 수 없었다. 주사위 놀이처럼 단순한 놀이에서도 이기기를 원했다. 아버지의 삶의 방식은 이럴 때 늘 작동한다.

입시 공부하듯 주식 공부를 했다. 서점에 가 투자 관련 신간 서적을 구매했다. 혹시나 하고 인터넷서점에 고등학생을 위한 주식투자 입문서가 있는지 찾아봤는데, 그런 책도 이미 나와 있었다. 그 과정에서 미성년자 보유 주식이 삼조 원이 넘는다는 사실도 알게 되었다. 대다수가 상속으로 부자가 된 아이들이었다. 그게 나를 자극했다. 열심히 해서 자수성가형 십대 투자자로 이름을 알리고 싶었다. 내 힘으로 일어났다는 사실이 더 멋질 테니까.

나는 성공한 모델을 찾아 헤맸다. 그중 단연 눈에 띈 건 유튜버 '황금광'이었다. 십대 때부터 주식을 시작했다는 그는 이제 막 서른을 넘긴 나이에 은퇴해도 될 만큼 부자가 되었다. 비현실적인 삶이었다. 고급 저택, 주차장에 줄지어 선 스포츠카들 그리고 베스트셀러 작가라는 타이틀까지!

며칠 전, 그가 쓴 책 『35만 원으로 100억 만들기』 사인회에 다녀왔다. 북적이는 줄 끝에서 한 시간을 넘게 기다렸다. 사인을 받기 위해서라기보다는 그를 가까이서 보기 위해서였다. 그는 진짜였다. 눈빛은 투자 그래프처럼 흔들림 없었고, 말투에 이미 부를 이룬 자의 여유를 품고 있었다.

미니 강연도 있었다.

"여러분, 갓생을 살아야 합니다!"

황금광이 외쳤다.

"할 수 있다고 말하는 사람이 결국 해내는 사람입니다!"

노트에 그의 말을 받아 적었다.

'인생은 말하는 대로 된다.'

그 말이 가슴에 박혔다. 마지막으로 황금광이 단상 위에서 목소리를 높였다.

"자, 다 같이 외쳐볼까요?"

그가 오른손을 높이 들었다.

"우리는 할 수 있다! 우리는 할 수 있다!"

주먹을 꽉 쥐고 따라 외치는데 이상하게도 울컥했다. 그날 이후 다짐했다. 나도 갓생을 살겠다고.

그 후로 매일 새벽 다섯 시에 눈을 떴다. 고등학교에 입학한 뒤로는 학원과 숙제에 치여 잠드는 시간이 늘 새벽 한 시, 두 시였기에 눈 뜨는 일조차 고역이었다. 하지만 미션을 성공하면 몸은 힘들어도 마음은 뿌듯했다. 눈꺼풀이 천근만근일 땐 황금광의 유튜브를 켰다. 그의 목소리가 들리면 이상하게도 눈이 번쩍 떠졌다.

유튜브 속 황금광의 삶은 마치 내가 살아야 할 미래처럼 느껴졌다. 잔디밭 위에서 골든리트리버가 뛰놀고, 햇살이 스며든

창 너머로 보이는 건 푸른 물결이 찰랑이는 개인 수영장이었다. 완벽하게 꾸며진 게임방, 자동차 박람회 같은 지하 주차장. 그는 출근할 때마다 페라리, 람보르기니, 포르쉐 중 어느 걸 탈지 행복한 고민에 빠졌다. 옆에는 아이돌처럼 예쁜 아내까지 있었다.

영상을 보다 보면 어느새 화면 속 황금광의 얼굴이 내 얼굴로 바뀌어 있었다. 미래의 갑부, 미래의 나. 자기계발서에서 본 말이 떠올랐다.

"꿈꾸는 삶을 구체적 이미지로 그리면, 결국 현실이 된다."

나는 매일매일 내 미래를 화면 속에 그려넣었다.

알고리즘은 또다시 다음 영상을 밀어냈다. '단타 트레이더의 매매 비법' '주식으로 부자 된 사람들의 말할 수 없는 비밀' 등등 끝도 없이 이어지는 영상들. 영상 속 사람들은 모두 떼돈을 벌고, 여유로웠다. 일하지 않아도 돈이 돈을 벌어주는 삶. 아침엔 수영하고, 점심엔 주식 확인하고, 저녁엔 여유롭게 와인 한잔하는 삶. 유튜브엔 별처럼 반짝이는 부자들이 넘쳐났다. 나도 언젠가는 그 별들 사이에 섞이고 싶었다.

투자 쇼츠 몇 편을 더 보고 나서야 겨우 침대에서 일어났다.

두 달 남짓한 시간이었다. 그 짧은 기간 동안 우리 팀의 수익률은 선배들을 가볍게 뛰어넘었다. 게시판에 올라간 월간 리

포트에 '신입 팀 독고준, 수익률 1위'라는 문구가 선명하게 박혀 있었다.

그날 이후, 학교 분위기가 달라졌다. 선배들이 먼저 다가와 내 매매 내역을 물었고, 회장 선배는 전략 발표를 맡아달라고 했다. 복도에서 마주친 아이들은 "야, 쟤가 독고준이래" 하며 수군댔다. 노트북을 펼치기만 해도 주위의 시선이 쏠렸다.

집 분위기도 바뀌었다. 아버지는 저녁 식사 자리에서 "역시 내 아들"이라며 칭찬했다. 엄마는 아버지 몰래 숨겨뒀던 비자금을 내밀었다.

"이건 엄마 비자금이야. 삼백만 원인데, 불려줄 수 있을까?"

엄마의 눈빛은 간절했고, 말끝엔 작은 바람이 묻어 있었다.

"그 돈으로 네 동생 연기 학원 보내고 싶어."

봉투를 받으며 가슴이 철렁했다. 하지만 그 순간, 태어나 처음으로 진짜 어른이 된 것 같은 느낌을 받았다. 성적표로 받은 칭찬은 그저 지나가는 격려였지만, 이번엔 내 '판단력'이, '감각'이 인정받은 거였다.

부담감보다는 자신감이 생겼다. 어깨가 오히려 더 펴졌다.

"독고준, 내가 제안 하나 해도 되냐?"

학교에 들어서자마자 민석 선배가 다가왔다. 심장이 움찔했다. 민석 선배의 얼굴은 지나치게 진지했고, 말투는 이상하리

만치 부드러웠다. 선배들보다 수익률이 높다는 소문이 퍼졌으니 혹시 시샘이라도 하는 걸까?

"야, 별거 아니야. 왜 그렇게 굳었냐? 얼굴 펴. 수익률 봤어. 너 요즘 완전 미쳤더라."

그는 웃으며 내 어깨를 툭 쳤다. 그러더니 작고 낮은 목소리로 말했다.

"그래서 말인데, 대리 투자 좀 해줄 수 있냐?"

잠시 숨이 멎는 것 같았다. 나는 당황해 고개를 저었다.

"그건 좀 부담스러운데요."

그러자 민석 선배는 팔짱을 끼며 코웃음을 쳤다.

"야, 그깟 백만, 이백만이 무슨 큰돈이라고 그래? 너는 타고난 투자자야. 티끌 모아 티끌 된다는 말 몰라? 근데 너한텐 다르잖아. 티끌도 황금으로 바꾸는 손이잖아."

'타고난 투자자.'

그 말에 묘하게 기분이 들떴다. 거절하려던 마음이 살짝 흔들렸다. 선배가 조심스럽게 봉투를 꺼내 건넸다. 봉투는 두껍고 묵직했다. 순간 또다시 가슴이 철렁했지만 동시에 손끝이 근질거렸다. 결국 그 돈을 받았다. 선배 말처럼, 이건 내 능력을 증명할 또 다른 기회일지 모른다.

그날부터 공식적인 투자 외에 비공식적인, 그러나 더 자극적인 투자에 발을 들이게 되었다. 엄마가 맡긴 삼백만 원도 보

됐다. 투자금은 눈덩이처럼 불어났고, 나는 어느새 진짜 투자
자가 된 듯한 착각에 빠져 있었다.

　꿈꾸던 삶이 코앞에 와 있는 듯했다.

긴 하루_선우

"오늘도 학원비 삥땅 친 돈과 부모님의 지갑에서 슬쩍한 돈으로 토토 하는 전국의 토쟁이 여러분, 반갑습니다!"

내 기분과 달리 도박 사이트 진행자의 목소리는 경쾌했다. 몸이 안 좋다는 핑계로 체육 시간에 교실에 혼자 남았다. 5월의 햇살은 부드러웠고, 열린 창문으로 바람이 불어 들어왔다. 운동장에서는 팀전을 하는지 아이들이 꺅꺅거리는 소리가 났다. 신경질이 났다. 나 빼고 다들 행복해 보여서 짜증이 났다. 내게만 다시 겨울이 온 것처럼 춥고 고통스러웠다.

나는 습관처럼 도박 사이트를 들락거렸다. 여러 번 끊으려 애썼지만 도박 사이트는 나를 놓아주지 않았다. 공짜 포인트를 미끼처럼 던지며 다시 돌아오라고 유혹했다. 원하지 않아도 자꾸만 URL이 찍힌 문자가 도착했다. 일주일 동안 무려 백육십 번. 그럴 때마다 다짐은 너무도 쉽게 무너졌다. 휴대폰을 켜는 순간, 토토 사이트로 통하는 문이 손가락 하나로 열렸다. 나는 그 안으로 계속 미끄러져 들어갔다. 그리고 결국, 유혹에 진 대가로 빚을 지게 되었다.

'그때 지석을 따라가지 말았어야 했는데……. 그때 딱 멈췄어야 했어.'

처음엔 그저 호기심이었다. 지석이 알려준 사이트에 들어갔고, 운 좋게 돈을 땄다. 한 번, 두 번이 아니라 계속해서 땄다.

그게 문제였다. 계속 이겼다는 것. 내 통장에 살면서 한 번도 만져본 적 없는 돈이 들어왔다는 것. 휴대폰 알림에 '입금 완료'라는 글자가 뜰 때마다 심장이 뛰었다. 그 짜릿한 희열. 그 순간의 쾌감은 다른 어떤 것으로도 대신할 수 없었다.

돈을 잃기 시작한 건 그때부터였다. 처음엔 조금이었고, 곧 원금 회복을 위해 베팅 금액이 커졌다.

'이번엔 될 거야.'

'한 번만 더 이기면 돼.'

그런 예감만으로도 도파민이, 기대감이 나를 미치게 했다. 나는 돈이 아니라 돈을 딸 수 있다는 환상에 중독됐다.

그리고 이틀 만에 그동안 모은 돈이 싹 날아갔다. 미친 듯이 클릭했고, 잠도 안 자고 베팅했다. 손은 마우스를 움직이고, 눈은 화면을 응시하고, 머리는 온통 계산에 집중했다. 그렇게 했는데도 잃었다. 어쩔 수 없이 유치원생 때부터 모아온 세뱃돈 통장을 건드렸다. 통장에 남아 있던 마지막 잔고마저 화가 나서, 억울해서 '분노 베팅'으로 다 날렸다.

정신을 차린 후에 발견한 건, 텅장. 정말 말 그대로 통장이 텅 비어 있었다. 그러고 나서야 자괴감이 밀려왔다. 죄책감이 몰려왔다. 숨이 턱 막혔다. 부모님이 알아채기 전에 원상복구해야 했다.

"그때처럼만 되면, 며칠이면 이 돈도 다시 딸 수 있어."

도박으로 잃은 돈은 도박으로만 메꿀 수 있을 것 같았다. 하지만 베팅하려 해도 총알이 없었다. 더는 할 수 없었다. 그래서 더 미쳐버릴 것 같았다.

그날, 토토하는 애들에게 목돈 얘기를 꺼냈더니 전부 입을 모아 말했다.

"그럼 지석이한테 가."

지석이 도박에 능하다는 건 알고 있었다. 하지만 애들 상대로 돈을 빌려주는 일까지 한다는 건 처음 듣는 얘기였다.

지석의 반으로 찾아가 수업이 끝나길 기다렸다. 수업이 끝난 후 우리는 복도 끝, 아무도 없는 계단 아래로 내려갔다. 나는 몇 번이고 망설였다. 목구멍이 바짝 말랐다. 결국 숨을 한번 삼키고 말문을 열었다.

"나, 돈 좀 빌릴 수 있을까?"

지석은 표정 하나 안 바뀌고 물었다.

"얼마?"

"……조금 큰데. 한, 삼십만 원?"

그러자 지석은 가방을 열고 검은 수첩을 꺼내 아무렇지도 않게 내 이름을 적더니 뭔가를 더 기록했다. 삼십만 원이라는 금액에 눈도 깜짝 안 했다. 그 무표정한 얼굴이 이상하게 낯설게 느껴졌다.

"하루? 일주일? 한 달?"

"뭐?"

"얼마 동안 쓸 거냐고. 그거에 따라 이자가 달라지니까."

나는 입을 벌린 채 바보처럼 지석을 쳐다봤다. 지금 내가 은행 창구에 와 있는 건가? 순간 그런 착각이 들었다.

"아……, 그럼 한 달? 한 달이 나을 것 같아."

"좋아."

지석은 다시 가방을 뒤적이더니 이번엔 차용증을 꺼냈다. 깨끗하게 인쇄된 양식지였다.

"여기 금액 쓰고, 여기 사인."

나는 손에 쥐어진 펜을 들고 지석이 지시한 대로 빈칸을 채웠다. 지석은 빨간색 볼펜으로 이자율이 쓰인 부분에 동그라미를 쳤다.

이자율: 20%

"이자가 좀⋯⋯."

"싫으면 말고."

지석의 말은 짧았고, 눈빛은 싸늘했다. 나는 말을 삼켰다.

사인을 하려는데 서류 아래 작은 글씨들이 눈에 들어왔다. 뭔가 조건이 적혀 있었지만 그냥 넘겼다. 사인을 마치자마자 지석은 말없이 휴대폰을 꺼내 내 계좌로 돈을 이체했다. 은행 앱 알림음이 짧게 울렸다.

[입금 300,000원]

모든 과정은 십 분도 채 걸리지 않았다. 입이 딱 벌어졌다. 삼십만 원은 큰돈이다. 그런 돈을 망설임 없이 바로 이체해줄 수 있는 지석의 능력이 부러웠다. 요구한 이자가 너무 비쌌지만 오늘 밤 안에 돈을 따면 이 정도는 갚을 수 있다고 생각해 쉽게 사인을 했다. 지석은 갚아야 할 날짜를 명시해줬다.

돌아오는 길, 가슴이 이상하게 무거웠다. 나는 친구에게 손을 내민 줄 알았는데, 현실은 사채 계약서에 사인한 거였다.

집에 오자마자 지석에게 빌린 삼십만 원을 곧장 충전했다.

사다리 게임에 손을 올렸다. 게임은 단순했다. 왼쪽, 오른쪽. 딱 두 갈래.

하지만 그 단순함이 오히려 독이었다. 너무 쉬워서 미친 듯이 계속 걸게 됐다. 그리고 그 미친 선택들은 번번이 틀렸다. 단 한 번도 맞히지 못했다.

하룻밤 사이 내 계좌에서 삼십만 원이 사라졌다.

'오른쪽에 걸려고 했다가 왜 괜히 왼쪽으로 바꿨지? 오늘 왜 이렇게 감이 엉망이야? 직관! 직관을 믿었어야지!'

속으로 몇 번이고 중얼거렸다. 머리채라도 쥐어뜯고 싶은 심정이었다. 책상을 주먹으로 내려치고, 다시 키보드를 붙잡고, 화면을 응시했다. 손가락은 멈췄지만 머릿속은 계속 다음 판을 그리고 있었다. 지금 돈이 없을 뿐, 다음 판은 다를 것 같았다. 진짜 오른쪽으로 가면 딸 것 같았다.

서랍을, 가방을 뒤졌다. 돈은 한 푼도 없었다. 자리에 앉아 갚아야 할 액수를 확인했다. 한숨만 나왔다. 엄마와 아빠가 언젠가는 알게 될 것이고 그게 오늘일까 봐 걱정되었다.

그날 밤, 나는 잠은커녕 눈도 감지 못했다. 꿈이 무서운 게 아니라, 지금 이게 현실이라는 게 더 무서웠다.

교실 문이 활짝 열렸다. 흠칫 놀라 고개를 돌렸다. 체육 시간이 끝났는지 반 아이들이 우르르 들어오고 있었다. 그제야 나는 숨을 내쉬었다.

요즘은 문만 열려도 지석일까 봐 가슴이 철렁거린다. 지석에게 빌린 돈을 아직 갚지 못했다. 원금은커녕 이자 낼 돈조차 없다. 가슴 깊숙이 돌덩이가 얹힌 듯 답답했다. 연체된 이후로 지석은 매일같이 문자를 보내왔다.

[연체 3일 차, 내일까지 입금하세요.]

[약속한 날짜 넘겼습니다. 더 늦으면 추가 이자 붙습니다.]

메시지는 짧고 차가웠다. 마치 남이 보낸 것처럼. 속이 부글부글 끓었다. 친구가 어떻게 이렇게 매정할 수 있지? 아무리 그래도 인간적으로 이자 20퍼센트는 너무한 거 아닌가? 그때 차용증 맨 아래 적혀 있던 작은 글씨가 떠올랐다.

기일 내 미상환 시 일일 5% 연체이자 발생.

그 조그마한 문장을 그때 왜 안 읽었을까. 아니, 읽고도 그냥 넘겨버렸던 걸까. 이미 사인을 한 이상, 어떤 말도 소용없었다. 나는 지석과 혹시라도 마주치게 될까 봐 5반 근처에는 얼씬도 하지 못했다.

어떻게든 돈을 구하려고 애는 써보았다. 그러다 도박 사이트에 지인을 추천하면 꽁머니를 주고, 그 친구들이 돈을 잃으면 잃을수록 내게 낙점 포인트를 적립해준다는 사실을 알게 되었다. 반 아이들이 서로 자신이 하고 있는 도박 사이트로 오라고 한 이유를 그제야 깨달았다. 그리고 그 권유를 가장 잘하는 지석을 떠올렸다. 지석의 권유로 도박에 입문한 아이들이 한둘이 아니었다. 한숨이 났다. 지석은 그쪽으로 고단수였고 당한 내가 바보였다. 지석은 예전의 지석이 아니었다.

쉬는 시간이 끝나고 영어 수업이 시작되었지만 선생님 목소리는 전혀 귀에 들어오지 않았다. 또다시 돈을 빌릴 방법을 떠올렸다. 책상 앞에 앉아 수업을 듣는 척하면서도 머릿속은 온통 돈, 돈, 돈 생각뿐이었다.

문득 진수가 떠올랐다. 도박으로 돈을 딸 때마다 진수에게 치킨이나 피자 한 판씩 쏘았던 기억이 났다. 진수 동생들 입에 과자며 아이스크림도 넣어줬고, 진수는 늘 고마워했다. 그 기억이 갑자기 진수에게 돈을 빌릴 수 있을지도 모른다는 희망으로 바뀌었다. 문제는 지석이 진수 반에 있다는 거였다. 찾아갈 수 없었다. 그래서 전화를 걸었다.

"진수야, 나야. 지금 진짜 비상사태야. 죽을 것 같아. 돈 좀 꿔줘, 딱 삼십만 원만. 진짜 금방 갚을게, 제발."

숨도 제대로 못 쉬며 쏟아내듯 말했다. 창피했지만, 그보다 절박함이 더 컸다. 진수는 한숨부터 쉬었다.

"나한테 그렇게 큰돈이 있을 리 없잖아. 그냥 나랑 같이 알바할래?"

"야, 시급 만 원도 안 되는데 그걸 언제 다 모아? 나 오늘 밤이라도 잘 되면 오백도 벌 수 있어. 진짜 내가 오죽하면 너한테 이러겠냐고. 어디 빌릴 데 없어? 부탁이다, 한 번만. 응? 한 번만."

진수는 또 길게 한숨을 내쉬었다.

"진수야, 나 너한테 치킨도 엄청 많이 사줬잖아. 제발, 나 지금 미쳐버릴 것 같아. 진짜 죽을 것 같다고! 부탁 좀 하자. 응? 응?"

침묵이 길어졌다.

그리고 마침내, 진수가 조용히 말했다.

"알아볼게."

"진수야, 고맙다! 진짜 너밖에 없다!"

하지만 집에 돌아온 뒤, 진수에게선 아무 연락도 없었다. 시간이 지나도 메시지 하나 오지 않았다. 괜히 휴대폰을 확인했다가 화가 치밀어 올랐다.

"와, 얻어먹을 땐 언제고 지금은 왜 나 몰라라 해? 어떻게 사람이 이렇게 양심이 없어?"

분노가 나를 집어삼켰다. 어느 순간부터 내 모든 불행이 진수 탓인 것 같았다. 문자를 보냈다. 처음엔 사정하는 말투였다.

[진수야, 진짜 급해. 한 번만 도와줘.]

그다음엔 따지듯 몰아붙였다.

[야, 너 진짜 친구 맞냐?]

진수는 끝내 아무 대답도 하지 않았다. 그 침묵이 내 안의 화약고에 불을 댕겼다. 신경질적으로 휴대폰을 바닥으로 내던졌다. 플라스틱 케이스가 깨져 파편이 사방으로 튀었다. 입에서 거친 욕이 튀어나왔다.

"씨발, 얻어먹을 줄만 아는 거지 같은 새끼."

순간, 그 말이 내 입에서 나왔다는 사실에 몸이 굳었다. 눈을 질끈 감았다. 목덜미가 뜨겁고 손끝이 떨렸다. 나는 지금, 어디까지 와버린 걸까.

한밤중에 문자가 왔다.

[네 계좌로 삼십만 원 보냈어. 선우야, 이제 토토 끊어. 축구는 손가락으로 하는 게 아니라고 했잖아. 그때 너도 고개 끄덕였잖아. 근데 요즘 넌 그때 그 선우가 아니야. 지금 너, 진짜 이상해]

잠시 후, 메시지가 하나 더 도착했다.

[박지성이 한 말이 있어. 위기가 닥칠 때마다 99퍼센트는 내 책임이라고 생각한대. 이 말, 꼭 기억해. 알았지? 도박은 그만둬. 그건 자책골 넣는 거랑 똑같아. 난 널 축구장에서 기다릴게.]

나는 진수가 돈을 보냈다는 사실만 확인하고, 메시지 내용은 대충 넘긴 채 오케이! 라는 단답과 함께 하트 이모티콘을 잔뜩 보냈다. 바로 은행 앱을 켰다. 삼십만 원 입금. 알림을 확인하자마자 숨이 가빠졌다.

총알이 들어왔다. 지금이 기회다. 이번에야말로 끝내야 한다. 휴대폰을 꺼내 익숙한 URL을 눌렀다. 로딩 시간조차 답답했다. 시간이 없다. 이건 마지막 기회니까. 이번엔 무턱대고 하지 않기로 했다. 이론적으로 가자. 전략적으로 가자.

머릿속에 마틴게일 베팅법이 떠올랐다. 18세기 프랑스에서 유행했던 방식이다. 지금 내 상황에 딱 맞았다. 손실을 복구하면서 천천히 쌓아가는 전략.

'이길 때까지 베팅금을 올리면 된다. 결국엔 한 번은 이기게돼 있다.'

동전 던지기처럼 한쪽만 계속 나올 수는 없다는 믿음. 이건 수학이야. 이건 이성적인 판단이야. 나는 눈앞의 게임판을 바라보며 속삭였다. 이번엔 다르다. 이번엔 내가 이길 차례.

배운 대로, 이론대로 해보기로 했다. 첫 베팅, 홀. 잃었다. 두 번째도 홀. 또 잃었다. 세 번째, 다시 홀. 이번엔 잃은 금액의 세 배를 걸었다. 그리고 드디어, 홀이 나왔다. 딱 맞아떨어졌다. 가슴이 뛰었다.

'그래, 이게 마틴게일이지.'

확률을 계산하며 베팅을 이어갔다.

이번엔 짝에 걸었다.

새벽이 왔다.

나는 모니터를 향해 욕을 퍼붓고 소리를 질렀다. 미친놈처럼 화면을 주먹으로 쳤다. 이론이고 뭐고 다 헛소리다. 맞는 게 하나도 없다. 확률적으로 나올 리 없는 수가 줄줄이 나왔다.

홀이 다섯 번 연속 나올 확률은 32분의 1. 열 번은 1024분의 1. 그런데 열한 번, 열한 번 연속 홀이 떴다. 그건 2048분의 1의 확률.

이건 사기다. 인위적인 조작이다. 처음부터 공정한 게임 따위가 아니었다. 도박은 50대50의 확률이 아니다. 그냥 속임수다. 그리고, 그걸 이제야 깨달은 내가 한심했다.

무릎이 꺾였다. 그대로 주저앉았다.

'끝났다.'

심장이 쿵 내려앉는 소리가 들리는 것 같았다. 도박으로 빚을 갚겠다고 시작했는데 빚이 눈덩이처럼 불었다.

이제 내 빚은 천만 원대가 됐다.

악몽 같은 날_준

새벽에 일어나 아침 경제 신문을 읽었다. 인터넷으로 구독하고 있는 경제지다. 속보라고 뜬 기사를 눌렀다.

G코인 상장폐지!

헤드라인을 읽자마자 벌떡 일어나 앉았다. 속보는 단 한 줄이었다. 헤드라인이 기사문의 다였다. 말도 안 되는, 믿을 수 없는 내용이었다.

"아니, 시발, 뭔 개소리야? 상장폐지라고? 그럼 내 돈은? 이게 말이 돼?"

인터넷을 샅샅이 뒤졌다. 제발 오보이길, 누군가가 잘못 올린 낚시 기사이길 바랐다. 하지만 모든 거래소에 거래정지 공지가 올라와 있었다. 상장폐지는 사실이었다. 지금까지의 내 시간, 내 돈, 내 믿음이 한 줄짜리 기사에 모조리 증발했다. 눈앞이 캄캄했다. 심장이 요동쳤다.

나와 같은 코인에 투자한 사람들이 모여 있는 커뮤니티 방에 들어갔다. 그곳은 이미 난리였다. 사람들의 말에 따르면 그 회사는 애초에 제대로 된 자본금이나 기술력도 없이 세워진 페이퍼컴퍼니였다.

도저히 믿기지 않았다. 국내 주요 언론은 창립자인 젊은 한국인을 천재라 칭송했다. 그는 국내 명문 외고를 나와 해외 명문대를 수석으로 입학하고 졸업한 전설적인 인물로 소개됐다. 나는 그가 이 세상은 1퍼센트의 천재들이 99퍼센트의 멍청이들을 먹여 살린다는 말을 입증하는 사람이라고 생각했다. 그처럼 똑똑한 사람이 만든 코인이라면 믿을 만하다고 여겼고, 그를 보며 나도 '1퍼센트'가 되고 싶었다.

하지만 진실은 달랐다. 그는 세계적인 사기꾼이었다. 상장폐지 직전, 자신이 가진 코인을 수천억 원으로 환전해 챙긴 뒤 수많은 투자자를 쪽박 차게 놔둔 채 제3국으로 도망쳤다.

나는 눈앞에서 종잇조각보다 못한 것이 되어 버린 암호화폐를 바라보며 그 자리에 주저앉았다. 입에서 터져 나온 건 울음인지 비명인지 알 수 없는 소리였다. 그 돈은 내 인생이자 미래였고, 자부심이자 자존심이었다. 나를 믿고 돈을 맡긴 엄마와 선배들이 떠올랐다. 그들에게 뭐라고 말해야 할지 막막했다.

나는 하루에도 수십 번씩 주식거래를 하느라 휴대폰을 두 개 들고 다녔다. 학교 제출용 공기계와 실제 거래용 개인 폰. 투자 유튜버의 말에 코인 시장에 눈을 떴고, 고수익을 약속한 신생 G코인에 주식으로 모은 돈을 몽땅 옮겨 태웠다. 엄마가 준 돈과 친구들이 모아준 투자금도 거기에 들어갔다.

2개월 뒤, 코인은 네 배가 됐다. 비밀리에 투자를 맡긴 친구들은 나를 투자 천재라 불렀고, 나 역시 내가 '될 놈'이라 믿었다. 그동안의 공부가 드디어 통하는 줄 알았다. 코인은 미친 듯이 올랐고, 커뮤니티 사람들은 람보르기니, 명품 시계, 펜트하우스를 구매했다는 인증을 올렸다. 나는 그들을 보며 더 투자했어야 했다는 생각에 사로잡혔다.

그래서 더 끌어모았다. 친구들에게 수익률을 보여주고 추가 자금을 받아냈다. 자본은 자본을 부른다고 믿었다. 그게 자본주의라고 생각했다. 언젠가 이 돈으로 더 큰 자산을 굴리고, 투자 유튜버들처럼 내 이름을 건 채널도 만들고 싶었다.

성공이 눈앞에 있다고 여겼다. 오름세가 끝없이 이어질 거라 확신했다. 자산이 불어날수록 '이 정도 자산을 만든 고등학생은 나밖에 없을 거야'라는 자부심도 함께 커졌다.

하지만 모든 걸 무너뜨리는 데는 단 하루면 충분했다. G코인은 거래정지되었고, 사실상 0원이 됐다. '거래 불가'라는 단어가 모니터에 깜빡이며 내 인생을 조롱하는 듯했다.

"내가 벼락 거지가 되다니, 어떻게 이럴 수가 있어……."

나는 혼이 빠진 사람처럼 텅 빈 목소리로 중얼거렸다.

마지막 경고_선우

아침밥을 먹지 못해 쇼핑백에서 엄마가 싸준 샌드위치를 꺼냈다. 교실에서 급히 몇 입 베어 물고 있을 때 지석에게 또 문자가 왔다.

[오늘 3시. 마지막 데드라인이야. 선 넘지 마라? 형님이 너한테 관심 많대~^^]

문자를 보자마자 입맛이 뚝 떨어졌다. 돈을 어떻게 마련할지 생각하느라 요즘 수업 내용이 하나도 귀에 들어오지 않았다. 쉬는 시간이 되면 지석이 들어오지 않을까 교실 앞문을 무의식적으로 보게 되었다.

다행히 그런 일은 생기지 않았다. 지석의 캐릭터는 대놓고 협박하거나 소리를 지르는 쪽은 아니다. 이렇게 뒤에서 하는 편이지. 지석이 전문 사채업자들을 끌어들여 압박하니 갑자기 체한 듯 가슴이 답답해졌다.

점심시간, 진수가 헐레벌떡 우리 반으로 뛰어 들어왔다. 얼굴이 하얗게 질려 있었다.

"야, 잠깐만 운동장 좀 나가자. 진짜 큰일 났어."

운동장 끝자락으로 가자 진수가 손에 쥔 휴대폰을 내게 건넸다. 폰이 축축했다. 진수는 긴장하면 손에 땀이 폭발적으로 나는 놈이다.

"뭔데, 이게?"

폰을 들여다봤다.

진수한테 돈을 빌려준 누군가가 이자를 입금하라고 독촉하고 있었다. 정확히 말하면, 겁을 주고 있었다.

"야, 복리식 이자가 뭔지 아냐……?"

진수가 떨리는 목소리로 물었다.

"갑자기 그딴 걸 왜 물어? 설마……, 나한테 빌려준 돈, 네 돈 아니었어?"

진수는 고개를 푹 숙인 채 작게 말했다.

"나한테 그 정도 돈이 있을 리가 없잖아."

순간 머리를 한 대 맞은 것처럼 어질했다. 진수는 금방이라도 울 것 같은 얼굴이었다.

"선우야, 나 진짜 어떡하냐? 이거 감당이 안 돼."

"진수야, 일단 무슨 일인지 정확히 말해봐. 숨기지 말고 다."

진수는 울먹이며 상황을 털어놓았다. 자신도 돈이 없었기에 SNS에서 본 대출 광고에 혹해서 연락했고, 거기서 돈을 빌렸단다.

"진짜 몰랐어, 이렇게까지 무서운 데인 줄. 기한 넘기면 이자가 막 두 배, 세 배로 뛴대, 하루만 지나도."

"야, 너 진짜 미쳤어?"

나는 진수의 말을 듣자마자 소리를 질렀다.

"왜 확인도 안 하고 저런 데서 빌리냐고! 내가 빌리랬냐고!"

진수는 움찔하며 고개를 푹 숙였다. 그 표정을 보자 화가 더 치밀었다. 나를 위해 무턱대고 사채업자에게 돈을 빌린 진수가 너무 답답했고, 절친을 이렇게 만든 나 자신에게도 화가 나서 나도 모르게 진수에게 화풀이했다.

한참 후, 진수가 고개를 숙인 채 기어들어 가는 목소리로 말했다.

"……정해서."

"뭐라고?"

진수의 말이 들리지 않아 재차 짜증이 가득 묻은 목소리로 되물었다.

"너, 너무 다정하게 말해서. 난, 난 착한 사람인 줄 알았어. 진짜야. 우릴 도와줄 사람이라고 믿었어."

진수가 콧물을 훌쩍이는 소리를 내며 말했다. 그러곤 인스타 캡처를 보여줬다. 사채업자의 광고 문구였다.

"가난을 거꾸로 해보세요."

"난가?"

"맞습니다. 당신은 가난합니다. 하지만 돈 없다고 부끄러운 건 아니죠. 우리는 담보도 없이, 선이자도 떼지 않고 대출해드립니다. 당신을 위해 24시간 항상 상담 대기 하고 있습니다. 날짜만 정해주시면 당일 대출도 가능합니다. 지금 전화 주시면 예쁘고 고운 말로 상세히 답해드리겠습니다. 돈 걱정에 잠 못 이루시는 여러분, 손을 내밀어주세요. 우리가 잡아드릴게요."

나는 진수가 돈을 빌린 사채업자의 인스타 계정에 들어가 조건을 자세히 읽다가 숨이 턱 막혔다. 그들은 연 1,200퍼센트의 이자를 물리는 악질 대부업자였다. 연 1,200퍼센트. 말도 안 됐다. 한 달 연체될 때마다 이자가 복리로 붙는 구조였다. 백만 원을 빌리면, 반년이면 몇 배가 되는지 계산도 안 됐다.

"하필이면 돈을 빌려도 이렇게 악랄한 놈한테 빌리냐! 똥멍청이 진수야!"

나와 진수에게 닥칠 앞날이 겁났다. 가장 고통스러운 건 착한 친구 진수가 나 때문에 억울한 빚을 지게 되었다는 거다. 원래 진수가 갚을 돈도 아닌데. 나 때문에 진수까지 진흙탕에 빠지고 말았다.

수업 종이 울렸다. 진수는 어깨에 세상의 짐을 다 짊어진 사람처럼 축 늘어진 채 교실로 돌아갔다. 나는 그 자리에 멈춰 서서 다리가 후들거리는 걸 겨우 버티고 있었다. 돈이 필요했다. 지금 당장. 진수를 구해야 하고, 나도 구해야 했다. 그러려면 방법은 하나뿐이었다. 돈. 머릿속이 하얘졌다가, 금세 폭주하듯 생각이 쏟아졌다.

'어디서, 어떻게? 도대체 어디에서 돈을 구할 수 있지?'

초조해 죽을 것만 같았다. 지옥이 있다면, 지금 내가 있는 이 자리가 바로 그곳이었다.

그런데 쉬는 시간, 아이들은 여느 때처럼 웃고 있었다.

"오늘 급식 뭐 나오냐?"

"아 몰라, 오늘 왜 이렇게 졸려?"

"야, 걔 고백했다며?"

장난치며 책상에 눕고, 하품하고, 투덜대고, 웃고 있었다. 그 모든 풍경이 나에겐 딴 세상처럼 보였다. 너무 부러워서 미쳐버릴 것 같았다. 눈물이 핑 돌았다. 숨이 막혔다. 도무지 뭘 어떻게 해야 할지 떠오르지 않았다.

과학실에서 수업이 있었지만 집중이 되지 않았다. 선생님께 속도 안 좋고 머리도 아프다고 얘기했다. 선생님은 내 표정을 보더니 보건실로 가라고 했다. 나는 보건실이 아닌 빈 교실로 돌아왔다. 자리에도 앉지 못한 채 교실 안을 뱅뱅 돌며 서성거렸다. 생각을 해야 하는데, 생각이 하나도 안 났다. 머릿속엔 '어디서 돈 구하지'만 무한 반복됐다.

그때였다.

바닥에 아무렇게나 놓인 슬리퍼 하나를 밟고 휘청였다. 화가 치밀어 슬리퍼를 발로 걷어찼다. 슬리퍼는 허공을 날아 칠판에 툭 부딪치고 바닥으로 떨어졌다. 무심코 슬리퍼를 집어 들었다. 큼직한 샤넬 로고. 어디서 많이 본 슬리퍼였다. 채송이의 슬리퍼. 나는 샤넬 로고를 가만히 들여다보았다. 순간, 머릿속에 불이 켜지는 느낌이 들었다. 눈앞이 번쩍 하면서 한 가지 가능성이 떠올랐다.

다음 시간은 운동장에서 하는 체육 수업이다. 엄마가 아침에 챙겨준 쇼핑백에서 체육복을 꺼냈다. 탈의실에서 아주 느리게 옷을 갈아입고 아이들 무리에 섞여 교실을 나갔다. 그러다 뭔가 잊은 듯 행동하며 조금씩 뒤처지다가 다시 교실로 들어왔다. 교실 뒷문을 힐끗거리며 애들이 없는 것을 재확인하고는 송이의 자리로 가 슬리퍼를 집어 들었다.

재빨리 내 자리로 와 쇼핑백에 송이의 슬리퍼를 급히 넣었다. 쇼핑백 입구를 두어 번 접어 교실 휴지통 바닥에 놓고, 그 위를 다시 쓰레기로 덮었다. 감쪽같았다. 그래도 안심이 되지 않아 교실에 버려진 과자봉지나 종이를 주워서 그 위에 흩뜨려놓았다. 어느 각도로 봐도 의심할 것은 없어 보였다.

심장이 제멋대로 날뛰었다. 나는 곧장 운동장으로 뛰어가 아이들 무리에 섞였다. 여전히 숨이 막힐 정도로 가슴이 뛰었다. 심장이 튀어나올 것 같았다. 태어나 처음으로 도둑질을 했다. 부모님은 날 부족함 없이 키워줬다. 내가 이런 짓을 했다는 게 믿기지 않았다. 한심했고, 수치스러웠다. 하지만 지금으로선 이 방법이 최선이었다.

내 계획은 단순했다. 수업이 다 끝나고 집에 갈 때 아무도 못 보게 쇼핑백을 챙겨 나간다. 집에 가서 슬리퍼를 당근에 판다. 그리고, 빚을 갚는다.

'채송이, 언젠가 이 빚 꼭 갚을게.'

그 와중에 송이가 부자라서 다행이라고 생각했다. 슬리퍼 하나 잃었다고 울고불고하지는 않을 테니까.

체육 수업이 끝나고 교실로 들어오는 내내 송이를 힐끗거리며 지켜봤다. 송이는 교실에 들어서자마자 슬리퍼부터 찾기 시작했다.

"혹시 내 슬리퍼 못 봤니?"

송이가 옆자리에 앉은 아이에게 낮은 톤으로 물었다. 목소리는 차분했다. 주변 아이들이 "또?" 하며 어이없다는 듯 반응했고, 몇몇은 찾는 시늉을 하기도 했다. 이번이 처음이 아니었나 보다. 손이 떨렸다. 송이에게 들키지 않으려고 주머니에 손을 찔러 넣었다.

'내가 했다는 게 걸리면, 지난번 사라졌던 것까지 덤터기 쓰는 건 아닐까?'

걱정이 밀려들었다.

송이는 교실 곳곳을 오가며 슬리퍼를 찾았다. 사물함을 여닫고, 복도까지 나가서 살폈다. 수업 종이 울리고 자리에 앉고 나서도 계속 주변을 두리번거리는 듯했다.

나는 쉬는 시간마다 일부러 교실 밖으로 나갔다. 송이와 눈 마주치는 게 무서웠고, 혹시라도 수상해 보이는 행동을 할까 봐 겁이 났다. 종례가 끝나고도 교실을 나가지 못하고 시간을 끌었다. 모든 아이가 나간 뒤에야 휴지통 앞으로 다가갔다.

그리고 그 앞에 선 채 얼어붙었다.

텅 비어 있었다, 휴지통은. 아무것도 없었다.

온몸의 피가 식는 듯했다. 혹시나 해서 주변을 둘러봤지만, 슬리퍼는 어디에도 보이지 않았다.

'누가 치웠지? 청소 담당 누구였더라?'

너무 어이가 없어서 웃음이 나올 것 같았다. 정신이 나간 사람처럼 빈 휴지통을 몇 번이고 다시 들여다봤다. 그러고도 믿기지 않아 다시 한번 바닥을 훑었다.

겨우 발이 떨어졌다. 걸음은 무거웠고, 머리는 멍했다. 모든 게 엉망이었다. 계획은 틀어졌고, 기대는 무너졌다. 되는 일이 하나도 없었다.

이제 뭘 해야 할지 도무지 감이 잡히지 않았다. 그냥 눈앞이 하얬다. 불과 몇 달 전만 해도 이런 나를 상상해본 적조차 없다. 나는 늘 모범생이었다. 그런데 클릭 한 번이 모든 것을 바꾸어놓았다.

카톡이 울렸다.

[연체자 리스트를 전문 업체에 넘겼어. 이제 나랑은 상관없는 거다. 믿음직한 우리 학교 선배님이 운영하는 곳으로 했어. 오늘부로 네 담당은 그쪽이야. 아마 곧 너한테 갈걸.]

메시지를 읽은 순간 머리카락이 쭈뼛 섰다. 지석은 얼굴만 보면 순진한 소년처럼 보인다. 키도 작고 마른 몸이어서 이런 일을 할 거라고는 누구도 예상하지 못할 얼굴이다. 하지만 지석은 예전의 수줍은 아이가 아니다. 이제 지석을 생각하면 등골이 오싹해진다.

교문 앞에 처음 보는 덩치 큰 남자들이 서성이고 있었다. 한

여름에나 입을 법한 민소매 티셔츠에, 팔뚝엔 뱀이 꿈틀대고 있었다. 타투가 아니라 살아 움직이는 것 같았다.

'말도 안 돼. 진짜 보냈어!'

나는 허둥지둥 뒷걸음질하며 다시 학교 안으로 들어갔다. 그리고 쪽문을 향해 전력 질주 했다. 다행히 쪽문은 잠겨 있지 않았다. 마음이 한결 놓여 잽싸게 쪽문으로 달아났다.

"야, 야, 선우야, 양선우!"

대로 쪽으로 뛰어가는데 뒤에서 나를 부르는 걸걸한 목소리가 들렸다. 이번엔 두 팔에 형형색색의 이레즈미 문신을 한 건장한 형이었다. 동시에 한 패인 것 같은 추리닝을 입은 남자가 내 앞길을 막았다. 나는 겁에 질려 움직일 수 없었다.

"선우야, 너 그렇게 뛰다가 넘어져. 손가락이라도 부러지면 어쩌려고 그래? 그 손가락으로 이체도 해야 하는데."

이레즈미 문신을 한 형이 능글맞게 웃으며 내게 다가왔다.

텔레그램에서 새로운 길을 찾다_준

　잃은 돈이 머릿속에서 떠나질 않았다. 숨을 쉬는 것도, 밥을 먹는 것도 뒷전이었다. 되찾아야 했다. 방법이 뭔지는 몰라도, 반드시.

　닥치는 대로 정보를 찾았다. 커뮤니티, 블로그, 유튜브, 댓글 창, 다크웹까지. 그러나 심지어 어렵게 주소를 찾아 들어간 다크웹에서마저도 돌아오는 말은 같았다.

　"뾰족한 수 없다. 그냥 조용히 있어라."

　실망감이 목 끝까지 차올랐다.

　'여기까지 왔는데 방법이 없다고?'

　그렇게 흘러들어간 곳이 텔레그램이었다. 수상한 투자방, 익명의 사람들이 몰려드는 공간. 괜히 찝찝해 나가려던 찰나,

눈에 띄는 방 하나가 있었다. 구독자 수가 거의 천 명에 가까웠다. 물고기 떼처럼 사람들이 밀려들고 있었다. 텔레그램에서 가장 핫한 방이었다. 호기심이 손보다 빨랐다. 나는 그 방에 들어갔다.

아이스, 대만, 일지=55, 반지=35, 멕시코 반지=40, 브액, 캔디, 송아지, 수류탄 2ea=40, 5ea=75

무슨 말인지 하나도 알 수 없었다. 메뉴판 같았다. 대화창은 활발했고, 사람들은 무언가를 사고팔고 있었다. 나는 눈을 좁히고 천천히 내용을 따라갔다.

그리고 몇 분 후 깨달았다. 이곳은 마약방이다. 심장이 벌떡 뛰었다.

"야, 이거…… 미쳤……. 뭐냐, 진짜! 마약 청정 국가라며?"

소름이 돋아 휴대폰을 껐다. 그날 밤, 잠을 이루지 못했다.

다음 날, 나는 다시 그 방에 들어갔다. 이번에도 두려움보다 호기심이 앞섰다. 하루 만에 참여자가 두 배로 불어나 있었다. 이젠 이천 명. 대화창에는 끊임없이 '주문'이 올라왔다. 가격, 수량, 지역이 적혀 있었다.

숫자만 좇으며 머릿속으로 암산을 돌렸다. 그리고 곧 입을 다물 수 없었다. 이건 장사였다. 그것도 말도 안 되는 속도로 돌아가는 황금알 장사. 내가 잃은 돈은 여기선 돈도 아니었다. 왜 사람들이 이 위험한 판에 들어가는지 알게 됐다. 저 정도 수익이면, 한 번쯤은 해볼 법도 했다. 한 번만, 딱 한 번만 성공하면 다 끝낼 수 있다.

은어들을 모조리 찾아봤다. '아이스' '브액' '캔디' '송아지' '수류탄' 등등. 처음엔 장난 같았지만, 하나같이 마약 종류를 뜻했다. 그 이름 아래 숨겨진 게 뭔지 알게 되자 등골이 서늘해졌다. 정보를 노트북에 정리했다. 나는 호기심이 생기면 끝까지 파고드는 성격이다. 하물며 돈이 걸린 일이라면 더 그렇다.

일주일을 파고들자 마약 유통의 판이 서서히 드러났다. 해외에서 마약을 직구한 뒤 델레그램 같은 메신저로 은밀히 거래한다. 가상화폐로 돈을 주고, 국제택배로 받는다. 얼굴도, 실명도, 증거도 남지 않는다. 메시지는 몇 분 안에 사라지고, 방도 수시로 폭파된다. 그걸 보고 있자니 마음이 흔들렸다. 익명 속에서 익명인 척하며 익명에게 파는 사업이라면, 나도 할 수 있을 것 같았다.

책상 위 문제집을 밀어낸 후 노트북을 열고 사업계획서를 정리했다. 내 인생을 되돌릴 '한 방'을 위한, 마약방 창업 계획이었다. 다크웹에서 해외 상선을 뚫는 건 어렵지 않다. 문제는 초기 자본금. 그걸 어떻게 마련할지 고민했다. 창업 동료도 필요했다.

하지만 지금 나만큼 절박한 사람이 누가 있을까? 돈을 밝히는 아이들은 많지만, 목숨 걸고 이 판에 들어올 만큼 절박한 아이는 많지 않을 것이다. 돈독방 친구들을 떠올렸다가 곧장 머릿속에서 지웠다. 절대 안 된다.

그러다 딱 한 사람의 얼굴이 떠올랐다.

'이렇게 가까이 있는 애를 잊고 있었다니⋯⋯.'

나는 속으로 빙고를 외쳤다.

위험한 투자설명회_준과 지석

준에게는 당장 투자금이 필요했다. 이렇게 처참하게 실패하고 싶지 않았다. 자신을 믿고 돈을 투자한 친구들에게 쪽팔린 모습을 보여주고 싶지 않았다. 거기엔 피 같은 엄마 돈까지 있다. 아버지에게도 이런 무능한 모습을 절대 들키고 싶지 않았다. 가능한 한 빨리 정상으로 되돌려 놓아야 했다.

준은 학교에 가기 전 머리를 손질했다. 준의 머리는 파마머리처럼 곱슬곱슬해 음악 하는 청년처럼 귀티나 보인다. 교복 넥타이도 제대로 맸다. 오늘은 사업 프레젠테이션이 있는 날이니까. 우디향 향수도 뿌렸다. 상대에게 깊은 호감을 주기 위해 신중하게 고른 향수다. 투자자를 얻기 위해서는 오감을 다 활용해야 한다는 유튜버의 말을 따랐다.

준은 수업이 끝난 후 지석의 자리로 갔다.

"지석아!"

단 한 번도 알은체한 적 없는 지석의 이름을 다정스럽게 불렀다. 그리고 두 손을 바지 주머니에 넣은 채 지석 앞에 섰다. 지석은 준을 경계하며 표정을 살폈다. 단 한 번도 준과 말을 섞어본 적이 없었기 때문이다.

"무슨 일이야?"

지석이 까칠하게 물었다. 준은 턱짓으로 교실 뒷문을 가리켰다. 그렇게 하곤 바로 교실 뒷문으로 성큼성큼 걸어갔다. 지석은 잠시 머뭇거리다 그 뒤를 따랐다.

"네가 우리 학교의 워런 버핏이라며?"

순간 지석은 무슨 개소리냐는 말이 튀어나올 뻔한 걸 겨우 참았다.

"나한테 괜찮은 사업 아이템이 있거든. 그걸 하기 위해선 파트너가 꼭 필요한데 몇 날 며칠 생각해도 적합한 애가 너밖에 없더라. 너랑 하면 시너지 효과가 있을 것 같다는 생각이 들었거든. 어때, 같이 할래?"

"사업? 나랑? 요즘은 돈 빌려달라는 말을 이런 식으로 하냐?"

지석은 준의 말을 듣자마자 코웃음 쳤다.

"돈 빌려달라는 얘기가 아니야. 투자 유치를 위해서 왔지."

"투자 유치? 무슨 투자?"

"그건 이따 수업 마치고 자세히 설명할게. 내가 확신하는데, 분명 너도 좋아할 만한 사업이야."

준은 지석의 양어깨를 두 손으로 짚으며 말했다.

지석은 돌아서서 걷는 준의 뒷모습을 보면서 절대 넘어가지 않겠다는 다짐을 했다. 그것이 뭔지는 몰라도 분명 사기일 거라는 촉이 왔기 때문이다. 그렇지 않고서야 저런 놈이 자신에게 다가올 이유가 없었다.

투자 유치 프레젠테이션은 돈독방 동아리방에서 이루어졌다. 준은 노트북을 열어 PPT 자료를 한 장씩 보여줬다. 첫 장에 준의 프로필이 떴다. 투자 프로필이었다. 준이 팔짱을 끼고 자신만만하게 서 있는 사진도 있었다.

"우리 아버지는 항상 말씀하셨어. 학생은 입시에 도움되지 않는 것들은 할 필요가 없고, 어른이 되어서는 돈이 되지 않는 일엔 절대 관심을 두지 말라고. 지금 내가 너에게 제안하는 건 돈 되는 일이야. 우리, 이 년 후면 성인이 되잖아. 어른이 할 일을 조금 일찍 한다고 해서 나쁠 건 없지. 어른이 된 후의 삶을 더 풍족하게 할 테니까 오히려 권장 사항이 아닐까? 어쩌면 이 걸로 우리는 평생 벌 돈을 십대에 다 벌 수도 있다고."

준이 페이지를 넘겼다.

우리 시대 새로운 부의 추월차선은 무엇인가?

지석이 의심 가득한 눈빛으로 PPT를 바라봤다.

"너도 알다시피 우리 세대는 절대 아버지 세대처럼 부를 축적할 수 없어. 좋은 일자리도 많지 않고, 부동산투기로 돈을 벌 수 있는 시기도 지났으니까. 그렇다고 너처럼 소규모 영세 사채업자로 근근이 살아가는 것도 폼이 안 나지."

"본론부터 하면 안 되냐?"

지석이 인상을 쓰며 준에게 짜증을 냈다.

"투자자님, 조금만 여유를 가지고 들어주십시오."

지석의 지적에 준은 능글맞게 웃으며 발표를 이어갔다.

"부모님이 우리한테 공부를 열심히 하라고 하는 이유는 뭐지? 그래야 좋은 대학을 갈 수 있기 때문이지. 근데 왜 좋은 대학을 가야 하지? 좋은 대학을 나와야 대기업에 취업할 수 있기 때문이야. 그 말인즉, 우리가 지금 공부하는 이유는 결국 돈을 많이 벌기 위해서라는 거지. 그런데 그거 알고 있니? 우리나라 대학 졸업자 중 대기업 정규직에 취업하는 사람은 5퍼센트도 안 된다는 것. 부모가 원하는 삶은 바늘구멍이라는 거지. 하지만 지금 돈을 벌어놓으면 우리는 미친 입시 경쟁에 뛰어들 필요도 없고, 귀찮고 힘든 일을 하지 않아도 돼. 힘든 일은 돈으로 대신 해결하면 되니까. 우리 삶의 거추장스러운 것들은 모두 스킵, 스킵, 스킵 할 수 있다는 거지. 매력적이지 않니?"

말을 마친 준이 지석이 앉은 자리로 천천히 다가갔다.

"그러니까 그 매력적인 게 뭐냐고? 유튜브였으면 두 배속으로 돌려서 보고 싶은 심정이다."

지석은 손가락으로 한쪽 귀를 파며 계속 시큰둥한 반응만 보였다.

"지금 말하려고 하잖아. 자, 집중! 투자자님, 지금부터 그 사업이 무엇인지 알려드리겠습니다."

준은 다시 자리로 돌아가 화면을 넘겼다.

"이것이 우리의 미래를 꽃길로 만들어줄 바로 그 상품입니다!"

준이 의미심장한 눈빛으로 엔터키를 눌렀다.

이번엔 사진이 나왔다.

준은 지석의 반응을 살폈다. 지석은 PPT에서 눈을 떼지 않았다. 그렇다고 눈을 동그랗게 뜨지도, 소리 지르지도 않았다. 준은 조금 놀랐다. 저 정도로 담담한 반응을 보일 줄은 몰랐다. 혹시 모르고 있나, 라는 의심도 들었다.

"이게 다야? 다음 장 없어? 그래서 어떤 종류로 팔 건데? 마약도 다양하잖아."

그 찰나, 지석이 조곤조곤 물었다. 생각보다 지석은 더 강심장이었다. 저 정도라면 함께 일할 만하다는 생각까지 들었다.

하지만 속을 알 수 없었다.

바깥에서 아이들이 지나가는 소리가 나자 준은 곧장 동아리 방 문을 잠갔다.

"우리가 팔려고 하는 약은 알고 보면 합법적인 의약품이야. 병원에서 처방해주는 전문의약품이란 말이야. 문제 될 게 거의 없어. 우리는 그저 제대로 처방받지 못하는 사람들을 위해 사적으로 판매하는 거야. High risk, high return! 이 말 들어봤지? 주식 단타처럼 치고 빠지는 전략으로 갈 거야. 목표한 수익이 나오면 뒤도 돌아보지 않고 나오면 되는 거야."

"그냥 약이라고 해. 그렇게 말하면 마약이 마약이 아닌 게 되는 건 아니잖아. 어차피 우리는 환자가 아니라 일반인을 대상으로 팔 거니까, 마약 맞아."

지석은 준이 어떻게 해서든 마약이란 말을 하지 않으려고 애쓰는 것이 답답한 듯 짜증 섞인 목소리로 말했다.

"그래, 네가 그렇게 나온다면야 굳이 감출 필요가 없지. 마약 맞아."

준은 노트북을 들어 지석의 옆자리로 옮긴 후 자신이 준비한 사업의 전망과 현재 시장성을 설명했다. 짧은 기간 동안 뚜렷한 목표를 설정해서 뛰어든다면 이보다 수익률이 더 좋은 시장은 없다고 단정 지어 얘기했다. 소매로 팔리는 마약의 가격과 마진율을 설명하고, 텔레그램방에서 거래되는 마약을 소개하며 지금까지 자신이 조사한 시장 동향도 알려주었다. 그러고는 이것이 마지막 남은 우리의 황금 어장이라는 사실을 강조하며 단시간에 판매하고 목적한 돈을 벌고 나서 바로 튀면 된다고 다시 한번 설득했다.

"안정성은 어떻게 보장할 건데? 그러니까 우리가 잡히면? 그다음 대비는 해놨어?"

"우리에겐 텔레그램이 있잖아. 누구에게도 들키지 않아. 모든 게 다 비대면이야. 우리는 인터넷상에 익명으로만 존재해. 약도 해외직구로 구할 수 있고, 약 냄새 안 나게 진공 포장으로 딱 들어오니까 뭐 하나 걸리적거리는 것도 없어."

지석은 쉽게 입을 떼지 않았다. 긍정도 부정도 없었다. 준은 조바심이 났다.

"지석아, 까놓고 얘기해보자. 너 대학 가서도 사채업자로 살 거야? 지금이니까 이 좁은 바닥에서 돈 벌 수 있는 거지, 졸업하면 프로 사채업자들 사이에서 살아남을 수 있을 것 같아? 단언컨대 절대 불가능해. 그리고 다 떠나서 이미지가 너무 구리잖아. 그냥 이거 한 번 크게 터뜨려서 제대로 누리고 살자고. 명언도 있잖아, 인생은 한 방이라는."

하지만 지석은 그 말에 눈을 감더니 꼬고 있던 왼쪽 다리를 달랑거리기만 할 뿐이었다. 준의 마음만 더 급해졌다.

"지석아, 눈 뜨고 이거 하나만 봐라."

준은 지석의 코앞으로 노트북을 갖고 와 엔터키를 눌렀다. 준비한 마지막 장이 나왔다. 거기엔 한 달 안에 벌어들일 수 있는 예상 수입이 적혀 있었다. 이걸로도 지석을 설득시키지 못하면 망한다.

지석이 눈을 떴다. 준은 지석의 표정을 살폈다. 지석은 노트북을 뚫어지게 쳐다보기만 했다. 정지화면처럼 그렇게 한참 있었다. 지석을 지켜보는 준의 심장박동수가 서서히 올라가 미친 듯이 방망이질했다. 지석이 거부하면 사업을 시작할 수조차 없다. 긴장되어 손에 땀이 다 날 지경이었다. 하지만 태연한 척하느라 내색할 수도 없었다.

그때 의자가 뒤로 밀리는 소리가 나며 지석이 일어났다. 준의 심장이 덜컥 내려앉았다.

"나 8, 너 2 어때?"

지석의 말에 준이 어리둥절한 표정을 지었다.

"수익을 배분해야 할 것 아니야."

준은 그제야 "아!" 소리로 반응했다.

"야, 그건 너무 심하잖아. 내가 다 계획했는데. 6대4?"

"넌 돈 없잖아. 돈 없으면 시작도 못 해. 봐줬다, 7, 3."

"와 씨, 그냥 다 먹으려고? 알겠다. 대신 투자비 환수하면 그때부터 5대5다."

"어차피 나 아니면 시작도 못 해. 그때도 6, 4."

준은 지석의 요구에 떨떠름한 표정이 되었다. 지석은 만만 찮은 놈이었다. 하지만 대안이 없었다.

준이 지석에게 손을 내밀자 지석이 준의 손을 꽉 잡아 악수했다. 준은 마음 한편이 껄끄러웠지만 어떻게든 시작은 할 수 있겠다 싶어 다행이라는 생각을 했다. 중간에 다시 수익배분은 조정하면 될 것이라고도 생각했다. 시작이 먼저였다.

준은 지석의 기를 눌러버리기 위해 지석에게 투자금 액수를 말했다. 원래 필요한 돈보다 세 배나 높은 금액이었다.

"가능하냐?"

"당근 가능."

질문이 떨어지자마자 지석이 너무 쉽게 답했다. 지식이 그 정도로 돈이 많을 줄은 몰랐다. 지석의 기를 죽이려다 오히려 준이 더 기가 죽어버렸다.

지석의 요구로 둘은 투자 체결 서류도 쓰고 수익금 분배를 어떻게 할 것인지에 대해 세부 항목도 적었다. 가장 중요한 배달책은 텔레그램을 이용해 모집하기로 했다. 준은 경쟁사와 차별화된 마케팅도 있다며 마케팅 준비 상황도 얘기했다.

진수가 사라지다_선우

학교에 가는 것이 두렵고 괴로웠다. 지난번 선배들에게 잡혀 인적이 뜸한 골목길에서 무차별적으로 맞았다. 그들은 몸통만 집중적으로 때렸다. 얼굴은 절대 건드리지 않았다. 주머니에서 얼마 되지도 않는 용돈이 나오자 더 때렸다.

"이 새끼 봐라, 돈도 있는 놈이 안 갚아? 완전 양아치 같은 새끼네!"

한 명은 망을 보고 둘은 샌드백 치듯 나를 번갈아 가며 때렸다. 태어나서 처음으로 맞아봤다. 그들은 입으로는 욕을 하며 내 정신에 타격을 주었고 주먹과 발로는 내 몸에 상처를 남겼다. 그렇게 거친 욕은 처음 들었다. 내 존재가 벌레처럼 느껴졌다. 너무 치욕스러워 손이 떨렸다. 하지만 더 무서운 건 돈을 갚지 않으면 이런 일이 수시로 일어날 거란 거다.

아니나 다를까, 집으로 들어오자마자 그들로부터 심한 욕설이 섞인 문자가 왔다. 문자의 핵심은 빚을 빨리 갚으라는 말이었다. 밤새 잠을 뒤척이다 몇 시간도 못 자고 알람 소리에 깼다. 문밖으로 나가는 것이 두려웠다. 학교 가는 길에도, 학교에서도 나도 모르게 두리번거리며 주변을 살피게 되었다. 이 고통을 누구에게라도 말하지 않으면 견딜 수 없을 것만 같았다. 진수에게 문자를 했지만 답이 없었다. 전화도 했지만 받지 않았다. 진수는 지석과 같은 반이라 직접 갈 수 없어 더 답답했다. 갑자기 진수가 걱정되었다.

'빚 때문에 스트레스를 받아서? 아니면 니처럼 온라인 사채업자들에게 모욕적인 일을 당한 건 아닐까?'

제발 진수가 이상한 생각만 하지 않으면 좋겠다는 생각을 했다. 어젯밤 한숨도 못 자 머리가 어지러웠다. 학교에 도착해서는 책상에 엎드려 누워 잠만 잤다. 달리할 수 있는 게 없었기 때문이다.

다시 설핏 잠이 들었을 때였다.

톡, 톡, 톡.

책상을 두드리는 소리에 눈을 간신히 떴다. 커다란 눈이 단발머리를 찰랑거리며 나를 내려보고 있었다.

"채송이다."

환영을 본 듯 중얼거렸다.

"그래, 나, 채송이야."

나는 눈을 끔뻑거렸다. 내가 엎드린 채 있자 채송이가 고개를 숙여 눈높이를 맞췄다. 얼마나 가까이 있는지 채송이의 눈동자에 내가 비쳐 보일 정도였다.

"일어나 봐."

채송이의 카리스마 넘치는 한마디에 벌떡 몸을 일으켰다.

"양선우, 왜 그랬어?"

송이가 앞뒤 없이 말했다. 직감적으로 송이가 뭔가를 알아냈다는 걸 깨달았다.

"뭐, 뭐가? 내가 뭘 어쨌다고?"

내가 말을 더듬자 송이는 쓴웃음을 지었다.

"그건 네가 더 잘 알 텐데."

송이의 말에 주변을 두리번거렸다. 주변 애들은 자기네끼리 노느라 우리 쪽엔 관심도 없었다.

"내가 초등학생 때부터 물건을 자주 잃어버렸거든. 사실 잃어버렸다는 말보다는 도난당했다는 말이 더 정확하겠다. 왜 다들 남의 물건에 그렇게 관심이 많은지 당최 이해가 안 가."

"그걸 왜 나한테 얘기하는 건데?"

나는 아무것도 몰라요, 라는 순진한 표정을 지으며 말했다. 어차피 내가 했다는 증거는 없을 테니까. 떨리지 않게 말한다고 했는데 생각보다 편하게 나오지는 않았다.

"네가 가져갔잖아, 내 슬리퍼."

송이의 말에 심장마비가 올 것만 같았다. 하지만 증거를 내놓기 전에는 발뺌이 최고다.

"무슨 근거로? 증거라도 대봐, 생사람 잡지 말고."

내 말이 채 끝나기도 전에 송이가 주머니에서 노란색 포스트잇을 꺼내 내 책상에 붙였다. 포스트잇에 쓰인 문장을 읽자마자 난 한순간에 얼음이 되고 말았다.

"엄마가 널 정말 많이 사랑하시나 봐. 엄마 메모 보니까 한 번은 용서해줘야겠다 싶었어. 아들이 이러고 다닌다는 사실을 알면 너무 슬퍼하실 것 같아서 말이야. 왜 그랬나? 이유가 아주 궁금해. 점심시간에 보자."

송이는 자신의 말을 다 한 후 자기 자리로 돌아갔다. 나는 바로 포스트잇을 떼어냈다. 나도 모르게 한숨이 길게 나왔다. 포스트잇에는 엄마의 메모가 우아한 필체로 적혀 있었다.

소식다작: 적게 먹고 많이 씹어야 한다. 선우야, 아침은 꼭 챙겨 먹자!

엄마의 오랜 버릇 때문에 채송이에게 걸렸다. 안 봐도 뻔했다. 이번에도 엄마는 샌드위치 앞에 붙여놓았을 거다. 채송이의 슬리퍼를 쇼핑백에 넣을 때 어쩌다 보니 포스트잇이 떨어져 나와 쇼핑백 어딘가에 붙어버린 것 같다. 쪽팔렸다. 얼굴이 벌겋게 달아올랐다. 다 알고 있는 애 앞에서 뻔뻔하게 거짓말로 일관했으니……. 채송이 얼굴을 다시 보니 당장 어디로라도 도망가고 싶었다. 그 와중에 누가 채송이에게 이 쇼핑백을 줬는지도 궁금했다.

점심을 먹은 후 송이의 뒤를 따라갔다. 송이는 우리 학교 교목인 소나무가 있는 쉼터 벤치에 앉았다.

"근데 그걸 어떻게 찾았는지 물어봐도 돼?"

쭈뼛거리며 조심스럽게 물었다.

"너 몰랐냐? 나 이번 학기 휴지통 청소 지원했어. 봉사 점수 후하게 준다고 해서. 덕분에 이렇게 도둑도 잡고 일석이조네. 앉아."

나는 송이와 거리를 두며 앉았다.

"우선 왜 내 슬리퍼를 쓰레기통에 포장해서 넣었는지 그 이유부터 먼저 말해줘. 아, 그리고 참고로 내 슬리퍼는 누가 그 위에 음료수를 버렸는지 한쪽이 심하게 오염된 상태야. 배상할 때 참고하라고 말해주는 거야."

송이의 목소리에서 단단히 화가 난 게 느껴졌다. 어디서부터 말해야 할지 모르겠고, 이제 도박 빚에 명품 슬리퍼까지 사쥐야 할 처지에 처했다는 사실에 나는 앞이 막막했다. 더구나 우리 학교에서 제일 예쁘고 인기 많은 채송이에게 도둑놈으로 찍혔다는 것 자체가 너무 수치스러워 미칠 것만 같았다. 도둑질했다는 걸 밝히기 위해서는 도박 얘기와 사채업자에게 괴롭힘을 당하고 있는 상황까지 모두 말해야 하는데, 그럴 용기도 나지 않았다.

"너를 골탕 먹이려고 그런 건 절대 아니야. 도둑질한 건 맞아. 개인적으로 아주 절박한 문제가 있었어. 너무 다급해서 생각 없는 행동을 했어. 정말 미안해."

고개를 숙이고 말했다.

"야, 그런 문제는 너한테만 있는 게 아니야! 절박하고 다급하다고 다 너처럼 행동하지도 않는다고. 네 논리대로라면 곤경에 빠진 대다수 사람이 도둑질했겠지."

채송이는 빡친 것 같았다. 약간 의외였다. 부자들은 작은 것에 연연하지 않는다고 했는데, 항상 그런 것도 아닌가 보다. 어쨌든 변명의 여지가 없었다.

"진짜 미안하다."

나는 고개를 숙인 채 연거푸 사과했다.

"이유가 뭐야? 내가 너한테 뭘 잘못한 것도 없잖아. 우리 말도 한 번도 안 해봤고. 근데 왜 나한테 이러는지 진짜 모르겠거든? 어제도 그 생각 하다가 잠도 못 잤어. 아무리 생각해도 이유가 안 나와서.”

송이는 화를 억지로 누르는 듯했지만 목소리엔 여전히 노기가 가득했고, 가끔 떨리기까지 했다. 하지만 송이가 추궁해도 대답하기 힘들었다. 다른 사람한테는 다 말해도 채송이한테는 너무 쪽팔려서 말하고 싶지 않았다.

“말 안 해? 진짜 안 할 거야? 그럼 나도 가만 안 있을 거야. 이건 학폭이야. 담임한테 말할까?”

나는 입이 딱 붙은 사람처럼 아무 말도 못 했다.

“그럼 지금 담임 샘 만나러 간다.”

다급하게 송이의 옷자락을 잡았다.

“잠깐만, 내가 다른 방법으로 대가를 치르면 안 될까? 어떻게 해서든 슬리퍼 사줄게. 시간이 좀 걸리겠지만 꼭 사줄게.”

송이는 내 말에 어처구니없다는 표정을 지었다.

“그거 얼마짜린지 알기나 해?”

다시 할 말이 없어졌다. 송이는 그런 나를 한심하다는 듯이 보다 교실을 향해 갔다. 나는 송이가 담임 샘한테 이를까 두려워 송이를 다시 잡았다.

“내가 나중에 다 말해줄게. 나 원래 이런 애 아니야. 진짜야, 나 중학생 때 국영수 올백도 맞았어. 모범생이었다고. 부탁이야, 좀 기다려줘. 며칠만이라도 내게 시간을 줘. 네 슬리퍼 변상할게. 응? 담임한테 말 안 하는 거지? 안 할 거지? 제발, 내가 이렇게 부탁한다.”

나는 바닥에 무릎을 꿇으며 절박함을 호소했다. 송이는 내가 안쓰러워 보였는지, 아니면 한심해 보였는지 내 눈을 한동안 바라보다 포기하듯 알겠다는 말을 하며 몸을 돌렸다.

겨우 막았다.

‘하, 바닥까지 가는구나. 한심하다, 한심해.’

나도 모르게 한숨이 나왔다. 요즘은 하루하루가 살얼음판을 걷는 것 같다. 일어나 무릎에 묻은 흙을 털었다. 그때 카톡이 울렸다.

[선우야, 나 고액 알바 잡았어. 지금 돈 갚으려고 열심히 일하는 중이야. 내가 다음에 다 얘기해줄게. 당분간 너 못 만나. 친구야, 나 걱정하지 마! 나중에 축구 하자.]

진수의 메시지를 보자 더 걱정되었다. 특히 고액 알바라는 말이 마음에 걸렸다. 인터넷 검색창에 고액 알바를 쳤다. 검색된 내용이 하나같이 범죄의 냄새가 났다. 두 손으로 머리를 쥐어뜯었다. 진수의 인생조차 망가뜨리고 있는 것 같아 미칠 것만 같았다.

축 개업, 아이스크림방_준과 지석

소식은 빨랐다. 준의 코인 투자가 망했다는 사실이 투자자들에게 다 알려졌다. 그럴 수밖에 없었다. TV에서 연일 준이 투자한 코인 회사 회장이 제3국으로 도주했다는 소식을 전했기 때문이다. 그 후로 투자자인 민석과 그 친구들이 수시로 준을 찾아왔다. 직접 오지 않는 투자자들은 문자로 준을 괴롭혔다. '어떻게 할 거냐, 대책은 있냐!' '어째서 거기에 투자했냐!' '한 푼도 못 건지는 거냐, 책임져라' 등등. 코인이 치고 올라갔을 땐 잘했다고 칭찬하던 인간들이 상황이 바뀌자 모두 준에게 책임을 떠넘기며 비난만 했다. 준은 휴대폰 설정을 무음으로 해놓았다.

집에 가니 동생 유림이 거실 테이블 위에 노트북을 올려두고 아버지 앞에서 프레젠테이션을 하고 있었다. 준은 화장실에서 손을 씻는 척하며 유림의 목소리에 귀 기울였다. 손을 씻고 나와서는 슬그머니 유림이 프레젠테이션 하는 모습을 지켜봤다.

"아빠, 저는 연기자가 되고 싶어요."

유림은 그 꿈을 이루기 위해 연기 학원에 다니고 싶다고 말했다. 유림의 PPT를 보니 저걸 만들기 위해 얼마나 노력했을지 보였다. 그 정도로 꼼꼼하고 중학생답지 않게 세련되게 만들었다. 그때까지도 아버지의 표정은 별 변화가 없었다. 하지만 마지막 연기학원 비용을 적은 화면에서 아버지의 얼굴이 굳어졌다. 아버지의 표정에서 준은 유림의 프레젠테이션이 실패할 거란 걸 예상했다.

"유림아, 자기 객관화가 제일 중요해. 연기자? 그건 아무나 되는 게 아니야. 제일 먼저 보는 게 뭔지 알아? 외모야. 카메라 앞에 설 만한 얼굴인지부터 봐야지. 거울 한번 봐. 네 얼굴이 정말 연기자 얼굴이라고 생각하냐? 아빠는 한 번도 그렇게 본 적 없어."

아버지는 고개를 절레절레 저으며 자리에서 일어났다. 되지도 않을 일에 시간을 낭비하지 않겠다는 듯.

"아빠, 제발요. 저, 정말 연기자가 되고 싶어요. 한 번만 믿고 투자해주세요. 연예인 돼서 제가 돈 많이 벌 수도 있잖아요. 저한테도 가능성은 있잖아요."

유림이 돌아서는 아버지의 팔을 붙잡았다. 그러자 아버지는 눈길을 엄마 쪽으로 돌렸다.

"누가 너한테 그런 헛된 꿈 심어준 거야? 엄마야?"

그러고는 엄마를 흘겨보며 날카롭게 말했다.

"내 딸이라도 안 되는 건 안 되는 거야. 그 얼굴에, 그 투실투실한 몸으로는 조연도 힘들어. 요즘 연예인들 봐라. 다 얼굴 작고 비율 좋고 화면발 잘 받잖아. 그 안에서 너 같은 평범한 애가 돈을 번다고? 그건 죽었다 깨어나도 안 되는 일이야."

말을 끝낸 후 아버지는 안방으로 들어가버렸다. 엄마는 깊은 한숨을 내쉬었고, 유림은 그 자리에 얼어붙은 듯 서 있었다. 마치 머리를 세게 얻어맞은 것처럼. 아버지의 말은 가차 없었다. 그 직설적인 한 마디 한 마디에는 사람을 마비시키는 힘이 있었다.

유림의 투자 유치는 실패했다. 아버지에게 연기학원은 가치 없는 깡통 주식이나 다름없었다. 객관적으로 유림은 못생기지도, 뚱뚱하지도 않다. 오히려 그 반대다. 하지만 아버지는 처음부터 유림의 기를 꺾을 작정이었다.

아버지는 성공은 오직 '좋은 대학 졸업장'으로 보장된다고 굳게 믿기에 공부 외의 길엔 관심조차 두지 않는다. 그래서 국영수 학원비에는 아낌없이 투자하지만, 그 대신 준과 유림은 반드시 우수한 성적이라는 아웃풋을 내야 했다. 교육에 돈을 넣으면 성적이 나온다는 확고한 신념 속에서 준은 아버지의 투자에 보답하려 애썼고, 그 덕에 '우량주'로 분류되어 더 많은 투자를 받았다. 하지만 성적이 떨어지면 그 역시 언제든 버려질 수 있었다.

준은 답답했다. 하루빨리 이 집을 떠나고 싶었다. 탈출구는 단 하나, 사업 성공이었다. 돈만 있으면 모든 실패를 덮을 수 있다. 인생도 다시 시작할 수 있다. 이번 기회가 하늘이 준 마지막 카드라는 생각에 사로잡힌 준은 텔레그램에 있는 수십 개의 마약방을 분석하며 그들의 마케팅 방식과 공급 구조를 철저히 파악했다. 그리고 그들과는 다른, 차별화된 방식으로 자신만의 사업을 성공적으로 론칭할 계획을 세웠다.

먼저 동남아에 있는 마약상과 접촉했다. 텔레그램으로 주문을 넣기 전, 몇 번이나 메시지를 썼다 지웠다. 그 순간 인생이 완전히 다른 길로 접어든다는 걸 알고 있었기 때문이다. 이제 '보내기'만 누르면 됐다.

"주문했냐?"

지석이 방에 들어와 물었고, 준은 버튼을 눌렀다. 그사이 둘은 고시원에 방을 얻어 거점으로 삼았다.

5일 후, 국제우편으로 물건이 도착했다. 준은 물건을 확인한 뒤 텔레그램에 '아이스크림방'이라는 이름으로 마약방을 개설

했다. 콘셉트는 아이스크림 가게로, 마약은 '아이스크림'으로 부르기로 했다. 혹시나 대화가 새어 나갈까 봐서였다. 홍보 문구와 메뉴판도 밝고 귀엽게 꾸몄다. 텔레그램 이용자 대부분이 십대에서 삼십대인 점을 고려한 전략이었다.

준은 판매상인 자신에게 서사도 입혔다.

"저도 마약 한 지 오 년 정도 되었습니다. 그동안 하도 사기를 많이 당해 제가 직접 시장에 뛰어들게 되었습니다. 퀄리티? 긴말 필요 없고, 그냥 최고 보장합니다. 허접한 원료로 이상한 거 막 섞어 파는 놈들 것과 질적으로 다릅니다. 제 몸에 들어갈 거라 최선을 다해 만들었습니다. 유저들 마음 잘 알고 있어서요. 성실하고 믿음직한 여러분의 딜러가 되겠습니다!"

준은 마치 산전수전을 다 겪은 경험자처럼 보이려 노력했다. 마약 종류도 가격과 함께 분홍색 메뉴판에 적어놓았다. 얼핏 보면 신상 카페 메뉴판으로 오해할 정도로 예쁘고 우아하게 만들었다. 그래야 무서워하지 않고 쉽게 접근할 것 같았다. 최종 홍보 문구와 메뉴판은 지석과 함께 고르고 만들었다.

"너 진짜 마약 공부 엄청 했네. 와, 역시 모범생은 존나 다르네."

지석이 판매할 모든 마약에 대해 상세하게 조사해 메모해놓은 준의 노트를 보며 감탄했다.

"너도 마약 공부 좀 해. 뭘 알아야 팔 수 있지. 정확한 계량도 중요해. 잘못하면 과량투여로 죽을 수도 있어."

"마약 하는 새끼들이 좀 죽으면 어때! 저승사자랑 만나도 정신이 나가서 헤이 브라더, 하면서 하이 파이브 할걸, 큭큭큭. 근데 그거 진짤까?"

"뭐가?"

"내가 예전에 인터넷에서 본 건데, 어떤 새끼가 약 하고 단독주택 옥상에서 떨어져 죽었단 말이야. 약 하면 거리감이 없어져서 옥상이랑 땅바닥이 계단 하나 내려가는 정도로 보여서 그런 거라고 하더라고. 근데 그게 말이 되냐? 눈이 쳐돌지 않은 이상 불가능한 거잖아. 당근 구라지?"

"아니, 충분히 그럴 수 있어. 환각이 센 약이라면."

"진짜? 아, 맞다, 맞아, 눈도 약발을 받아서 그렇게 될 수 있겠다. 또 어떤 놈은 자기가 하늘을 날 수 있을 거라고 믿고 진짜 아파트 9층에서 뛰어내려서 즉사한 놈도 있대. 그것도 가능하냐?"

"가능한 일이야. 그게 업 계열이냐 다운 계열이냐에 따라 다른데, 업 계열을 먹으면 근자감이 생겨서 말도 안 되는 행동을 하기도 해. 이성적 판단을 못 해서 호랑이한테도 아무 두려움 없이 다가갈 수 있어. 또 어떤 약은 환영이 보이고 환청도 들려서 없는 존재들과 대화도 할 수 있대. 신의 계시를 받았다고 지껄이는 인간들은 다 마약 한 놈들이라고 생각하면 돼."

"진짜? 완전 미친 새끼들이네!"

지석이 낄낄거렸다.

인터넷을 통해 중간책도 미리 모집했다. 마약 및 밀봉이 가능한 가방과 저울을 포함한 '판매 세트'를 제공하고, 구매자가 원하는 만큼의 마약을 직접 공급하도록 지시했다. 초보자들도 쉽게 마약을 할 수 있게 하기 위한 서비스였다. 모든 과정은 텔레그램을 통해서 이루어졌다.

이제 드라퍼 고용만 남았다. 홍보 문구에 고액 알바, 업계 최고 대우라는 문구를 넣었다. 그 때문인지 기대보다 많은 사람이 지원했다. 지원자들의 서류와 영상이 텔레그램으로 속속 도착했다. 다수가 이십대, 삼십대 청년이었다. 그들은 미친 듯이 이 일을 하고 싶다고 소리치고 있었다. 마약을 사기 위한 돈이 필요했기 때문이다. 즉, 대부분이 마약중독자였다. 그러니 그들에게 직원가로 할인해서 판매도 할 수 있었다.

"꼭 뽑아주십시오! 최선을 다해 일하겠습니다!"

열정적으로 소리치는 성인들을 보며 준과 지석은 키득거렸다. 자신들에게 명령을 내리고 월급을 주는 존재가 미성년자라는 것을 안다면 저들은 어떤 표정을 지을까? 어른들을 부하로 부리는 맛이 아주 좋았다. 명령만 내리면 그들은 가족관계 증명서나 부모의 직장과 전화번호 같은 사적인 정보까지도 기꺼이 보냈다.

준은 돈만 많이 주면 불법적인 일이라도 사람이 떼로 몰려든다는 것을 알게 되었다. 이것이 돈의 힘이라고 생각했다. 그러자 우쭐해졌다. 자신이 대단한 권력자가 된 느낌이었다. 준은 휴대폰을 들어 자신의 힘을 휘둘러보고자 했다.

"1차 통과하셨습니다. 마지막 테스트입니다. 많이 걸어야 하니 근력이 좋아야겠죠. 스쾃 이백 번 하는 영상을 보내주십시오. 그럼 믿고 뽑아주겠습니다."

문자는 늘 존댓말로 했다. 그 어떤 경우에도 청소년티가 나지 않게 하려고 가장 정중한 말투를 썼다. 자신이 남자인지 여자인지도 알지 못하게 최대한 중립적인 단어를 선택했다.

곧 땀을 뻘뻘 흘리며 스쾃을 하는 동영상이 속속 도착했다. 준과 지석은 갖은 인상을 쓰면서도 이백 번을 완수하는 지원자들의 영상을 보면서 바닥을 구르며 웃고 조롱했다. 이제 마지막 지원자의 영상만 남았다.

"제발 저를 뽑아주세요. 최선을 다할게요. 저를 믿어주세요. 저는 학교에서도 모범생입니다. 시키는 건 뭐든 다 성실히 할 수 있습니다."

그 아이는 무릎을 꿇고 앉아 절박한 모습으로 애걸복걸했다. 준이 영상을 보다 뭔가를 확인하고 놀라서 벌떡 일어났다.

"쟤 우리랑 같은 나이야. 마약중독자일까? 근데 또 자기 입으로 모범생이라고? 드라퍼를 지원하는 모범생이라니!"

준은 영상을 몇 번이나 돌려보며 관심을 가졌다.

"너랑 같은 과네. 너는 마약 파는 모범생이잖아. 모범생 커플이네."

지석이 준의 뒤에서 놀려댔다.

"야!"

준이 신경질적으로 지석에게 소리쳤다.

"그냥 쟤 뽑아."

"왜? 설마 너 쟤랑 아는 사이냐?"

그러자 지석이 다른 데로 눈을 돌렸다.

"모범생이라잖아. 모범생들은 원래 뭐든 다 성실히 하잖아. 시키면 시키는 대로 군말 안 하고 투덜거리지도 않고 말 잘 듣잖아. 우리에겐 그런 애가 최고지."

지석의 말에 준은 고개를 끄덕였다.

이제 모든 것이 준비되었다.

"어서 오십시오, 여기는 달콤한 아이스크림방입니다!"

희망과 절망이 도착했습니다_선우

낮이나 밤이나 머릿속엔 돈 걱정뿐이었다. 빚이 내 목을 죄어오는 것 같았다. 도박할 때는 베팅 금액이 단순한 숫자에 불과했다. 하지만 그 숫자가 돈이라는 실체로 다가오자, 현실이 나를 덮쳤다. 집채만 한 무게로, 숨 쉴 틈도 없이 짓눌렀다. 게다가 깡패 선배들이 언제 다시 들이닥칠지 몰라 등하굣길조차 눈치를 보며 다녀야 했다.

도움을 요청할 곳은 없다. 죽어도 부모님께는 말할 수 없다. 도박에 사채에 도둑질까지 모두 털어놔야 한다면, 차라리 죽는 게 낫다. 나는 이미 돌이킬 수 없는 강을 건넜다. 이제는 누구에게도 이 무거운 마음을 꺼내놓을 자신이 없다.

분명 도박으로 몇백만 원을 번 적도 있었다. 그 돈을 저축했더라면 이런 일은 일어나지 않았을 것이다. 하지만 그땐 그런 생각을 한 번도 하지 못했다.

돌이켜보면 이상했다. 어릴 적엔 세뱃돈을 받으면 대부분 저축하고, 푼돈만 용돈으로 썼다. 그런데 도박은 달랐다. 도박으로 돈을 따도 다시 도박할 생각뿐이었다. 얼마를 벌어도 이틀 안에 다 잃어버렸다. 그 세계는 비정상이었다.

하지만 후회해도 소용없었다. 목숨이 위태로워진 지금에야, 겨우 깨달았다.

진수처럼 고액 아르바이트를 찾기 시작했다. 인터넷에는 별별 광고가 넘쳐났다. 대부분 구체적으로 무슨 일을 하는지는 적혀 있지 않았다. '한 시간이면 배우는 일'이라거나 '월급 천만 원 보장' 같은 말만 있었다. 자세한 건 모두 텔레그램으로 문의하라고 했다.

그때였다. 고액 알바를 검색한 탓인지 문자로 URL 주소가 쏟아져 들어왔다. 그중 하나를 눌렀다. 검은 배경에 흰 글씨가 적힌 '고액 알바' 홍보물.

다시 한번, 링크를 눌렀다.

드라퍼 모집

급여: 당신이 그 무엇을 상상하든 그 이상

조건: 신분증, 가족관계증명서, 얼굴을 찍은 동영상

지역: 서울 전역 및 수도권

***우대 사항: 경력자, 장딴지 튼튼하고 무릎 연골 건강한 사람. 지리
능통자

'요즘은 택배 일을 드라퍼라고 하나?'

이해할 수 없었다. 다만 급여 설명을 보고 이 일이 단순한 택
배가 아니라는 걸 느꼈다.

하지만 지금은 따질 여유가 없었다. 나는 급여를 물었다. 답
은 금방 왔다. 그가 말한 금액을 보고 한참을 멍하니 있었다.
0이 하나 잘못 붙은 줄 알았다. 저 돈만 있으면, 몇 번만 일하
면, 빚을 다 갚고 이 지옥에서 벗어날 수 있다. 마음이 끌렸다.

유튜브에 '드라퍼'를 검색했다. 그리고 곧 알게 되었다. 드라
퍼는 마약을 운반하는 사람을 부르는 말이었다.

"헉, 마약이라니."

진수도 혹시 이걸 하고 있는 건 아닐까, 불길한 생각이 머리
를 스쳤다. 그때 메시지가 왔다.

[간단한 배달 일입니다. 비대면입니다. 단순 노동입니다.]

간단, 비대면. 그 단어들이 나를 사로잡았다. 운반만 하면 되
는 일이다. 사람을 직접 만날 필요도 없다. 걸리지만 않는다면

아무 문제 없을 것 같았다.

'해볼까?'

마음이 흔들렸다. 다시 신청 방법을 문의했다. 필요한 것은 신분증, 가족관계증명서, 부모님의 직장 정보였다. 과했다. 가족의 정보를 보내야 하는 이유를 묻자, 그는 말했다.

[약을 빼돌리거나 경찰에 신고할 경우를 대비해서입니다.]

꺼림칙했다. 하지만 알바비가 나를 붙잡았다.

'지금 찬밥 더운밥 가릴 처지가 아니야. 마약을 하는 건 어차피 조폭 같은 놈들이잖아. 그런 사람들은 좀 당해도 싸지. 나는 그냥 운반만 하는 거야.'

잠깐.

'아니야, 이건 진짜 아니야. 선을 넘는 거라고. 범죄야. 잘못되면 감옥행이야. 인생이 진짜 끝날 수 있어.'

머릿속이 시끄러웠다. 두 마음이 서로 아우성치며 끊임없이 충돌했다.

'하지만 지금 돈을 갚지 못하면 나는 맞아 죽을지도 몰라. 지석이도, 깡패들도 나를 가만두지 않을 거야.'

분명한 건 하나였다. 가장 급한 건, 빚을 갚는 것. 가장 중요한 건, 내가 저지른 일을 내 손으로 끝내는 것. 이대로 물러설

수는 없었다.

'그래, 짧고 굵게, 딱 한 번. 이 한 번만 넘기면 모든 게 해결될지도 몰라.'

나는 스스로를 설득하는 마지막 거짓말을 마음속에 새겼다.

'나는 나쁜 짓을 하려는 게 아니야. 그냥 이 지옥에서 빠져나가고 싶을 뿐이야.'

드라퍼 모집 글을 샅샅이 뒤져 가장 높은 급여를 주는 곳에 지원했다. 지원한다고 다 되는 것도 아니었다. 그들의 선택을 받아야 했다. 집에 돌아와 방문을 걸어 잠그고 지원 영상을 찍었다. 찍었다가 지우고, 또 찍고, 또 지웠다. 학생증을 얼굴 옆에 대고, 카메라 앞에서 소리쳤다.

"제발 저를 뽑아주세요. 최선을 다할게요. 저를 믿어주세요. 저는 학교에서도 모범생입니다. 시키는 건 뭐든 성실히 할 수 있습니다."

영상을 찍다 주저앉았다. 내 인생이 이렇게까지 추락할 줄은 몰랐다. 지석에게 돈을 빌리려 했던 그날, 용기 내어 부모님께 털어놨더라면, 어쩌면 달라졌을지도 모른다. 하지만 그렇게 후회해봤자, 이제는 소용없었다. 너무 많은 죄를 지었고, 너무 멀리 와버렸다.

두 눈을 질끈 감고 영상을 보냈다. 두렵고, 무서웠다. 앞으로 내 인생이 어디로 굴러갈지 전혀 알 수 없었다. 어쩌면, 도박 사이트에 처음 접속했던 그날부터 이미 예정된 길을 걷고 있었는지도 모른다.

며칠 후, 드라퍼 합격 문자가 도착했다. 희망과 절망이 동시에 내 앞에 놓였다.

마왕의 삶이 시작되다_준과 지석

오픈 이벤트!
퀴즈 맞히면 아이스크림을 무료로 드립니다!!!

지석의 아이디어였다. 샘플을 먼저 뿌리면 그다음은 더 많은 사람이 찾아올 거라고 생각했다. 일종의 온라인 시식 코너였다. 지석이 즐겨 보는 조폭 유튜버가 범죄로 돈 버는 법을 가르쳐줄 때 했던 말이기도 했다. 감방 동료들의 금융 범죄, 마약 범죄 성공담을 모아 '한방에 돈 버는 법'이라는 제목으로 풀어놓은 영상을 참고했다.

드디어 오픈 날. 준비한 홍보 문구와 메뉴판을 올렸다. 오픈 기념 이벤트까지 끝냈다. 이제 기다리기만 하면 됐다.

준과 지석 둘 다 아무 말도 하지 않았다. 준은 휴대폰에서 눈을 떼지 않았고, 지석 역시 마음이 조마조마했다. 잘되지 않으면 피 같은 투자금을 통째로 날릴 판이었다.

아무도 들어오지 않았다. 둘은 방을 열자마자 바로 사람이 몰릴 줄 알았다. 하지만 기대는 처참히 빗나갔다.

삼십 분이 지났다. 여전히 둘 말고는 아무도 없었다. 긴장한 탓에 준과 지석의 입술이 잇몸 안으로 말려 들어갔다.

한 시간이 지나고 나서야 조금씩 사람들이 들어오기 시작했다. 그리고 하루가 다 가기 전, 물고기 떼가 몰려들 듯 사람들이 방으로 쏟아져 들어왔다.

개업은 성공적이었다. 아이스크림방 알림이 끊임없이 떴다. 알림음이 울릴 때마다 지석과 준은 서로를 향해 환호했다. 알림음은 곧 돈이었다.

일이 본격적으로 굴러가기 시작하자 둘은 학교 수업이고 뭐고 챙길 틈이 없었다. 수업이 끝나면 곧장 고시원 아지트로 향했다. 들어오는 주문이 너무 많아 둘만으로는 역부족이었다. 그렇다고 더 많은 사람을 끌어들이기도 위험했다. 둘은 눈이 빨갛게 충혈될 때까지 마약을 포장하고 중간책에게 넘겼다.

하지만 아무리 노력해도 역부족이었다. 배송은 자꾸 늦어졌다. 고객들의 불만도 쏟아졌다. 특히 닉네임 azaci49to49가 주동이 되어 방에 욕설을 퍼부었다.

[돈만 받아 처먹고 먹튀 하는 거냐? 씨발, 금단현상 때문에 죽을 것 같다고. 당장 좌표 찍어 보내라고!]

한 명이 이렇게 불을 지르면 다른 고객들도 잇따라 불신하고 떨어져 나갔다. 준은 이를 악물고 닉네임 azaci49to49에게 사과했다.

"이렇게는 안 돼."

준이 말했다.

"중간책이랑 드라퍼를 더 뽑아야 해. 그리고 이 고시원은 너무 좁아. 들키기도 쉽고."

준은 새로 생긴, 조금 더 넓고 깔끔한 고시텔을 검색했다.

둘은 드디어 제대로 된 아지트를 만들었다. 물건을 정리하고 괜찮은 책상과 의자를 들여놓으니 언뜻 보면 공부방 같았다. 지석은 돈과 드라퍼 관리, 준은 마케팅과 고객 관리를 맡았다. 손발이 척척 맞았다.

둘이 목표로 세운 액수에는 아직 미치지 못했지만, 입소문은 점점 퍼지고 있었다. 준과 지석은 수업 시간 외의 모든 시간을 아이스크림방에 쏟았다. 밤마다 따로 시간을 내어 아이디어 회의까지 했다.

"마약 이름을 쓰지 말자."

준이 말했다.

"살 빠지는 약, 집중력 높이는 약, 불안할 때 먹는 약, 우울할 때 먹는 약. 이런 식으로 쓰자. 이름도 예쁘게 짓자. 탕후루, 슈거파우더 같은 거로. 마약이 아니라 간식처럼 친숙하게 보이게. 이름만 봐도 기분이 좋아져야 사람들이 겁내지 않지."

"야, 너 진짜 천재다."

지석이 엄지를 치켜세웠다.

"역시 머리가 좋아."

"이 약은 나비 모양이잖아. 몸이 나비처럼 가벼워진다고 홍보하면 여자애들이 환장할걸?"

그러면서 준은 홍보 문구를 몇 번이고 썼다 지우기를 반복했다.

"넌 진짜 노력하는 천재야."

"넌 돈 세탁의 귀재지."

둘은 하이 파이브 했다. 지석은 쑥스러운 듯 배시시 웃었고, 준은 속으로 다짐했다. 언젠가는 이 판을 7대3에서 5대5로 만들겠다고.

드라퍼의 세계_선우

드라퍼로 고용이 확정된 이후, 대포 폰과 대포 유심칩이 배달되었다. 배달할 때는 반드시 모자와 마스크를 착용해야 했고, 텔레그램 호출이 오면 이십 분 안에 반드시 응답해야 했다. 그게 '행동강령'이었다.

나에게 지시를 내리는 사람이 누구인지는 알 수 없었다. 그는 텔레그램으로만 연락했고, 나는 그에 대해 아무것도 몰랐다. 하지만 그는 나의 모든 것을 알고 있었다. 신분증, 가족관계증명서, 부모님의 직장 정보까지. 내가 다 넘겼기 때문이다. 그 사실이 끊임없이 나를 불안하게 했다. 그날 이후, 나는 늘 누군가의 손바닥 위를 걷는 기분이었다.

주택 계량기.

놀이터 미끄럼틀 밑.

다세대주택 세 번째 계단 난간 밑.

은닉 장소는 늘 의외였다. 나는 사람이 없는 틈을 노려 양면 테이프로 마약을 붙여놓고 사진을 찍어 전송했다. 택배라면 문 앞에 두기만 하면 끝이지만, 마약은 다르다. 누구도 눈치채지 못할 곳에 숨겨야 한다. 발각되면 모든 게 끝장이다. 그래서 CCTV 없는 구역만 골라 돌아다녔고, 블랙박스가 있는 차들도 철저히 피했다. 마치 첩보 영화를 찍는 기분이었다. 마스크를 쓰고 모자도 눌러썼지만 누군가가 뒤에서 어깨를 확 잡아채는 상상을 수십 번도 넘게 했다. 작은 소리에도 온몸이 움찔했다. 초여름인데도 일만 끝나면 온몸이 땀에 흠뻑 젖었다.

내가 숨긴 마약은 구매자들이 정해진 시간에 몰래 찾아갔다. 얼굴을 마주칠 일은 없었다. 뉴스에서는 이 방식을 '던지기 수법'이라고 불렀다. 일주일이 일 년 같았다. 학교 수업이 끝나면 물건을 들고 골목과 주택단지를 헤맸다. 이게 그냥 보물찾기면 얼마나 좋을까. 진심으로 그렇게 생각했다.

오늘도 마약을 숨기고, 사진을 찍어 보냈다. 숨긴 곳은 에어컨 실외기, 우편함 그리고 지붕 배수로였다. 아무리 해도 적응되지 않았다. 나도 모르게 계속 두리번거리게 됐다. 그런 행동이 오히려 더 수상해 보인다는 걸 알면서도 멈출 수 없었다.

일을 끝내고 집으로 가는 버스에 올랐다. 그런데 뭔가 손이 허전했다. 그제야 깨달았다. 양면테이프를 실외기 위에 그대로 두고 왔다는 걸. 온몸에 소름이 쫙 끼쳤다.

'거기엔 내 지문이 덕지덕지 묻었을 텐데. 만약 경찰이 먼저 발견한다면?'

생각이 번개처럼 스쳤다.

버스 벨을 마구 눌렀다. 내리자마자 횡단보도를 미친 듯 뛰어 반대 방향으로 가는 버스에 몸을 실었다. 버스에서 내린 뒤 심장이 튀어나올 것처럼 달려갔다.

실외기가 있는 골목 쪽으로 가려는데 교복 셔츠를 단정하게 입은 남학생이 뒤따라왔다. 나는 무언가를 놓친 듯 아차 하며 몸을 돌려 남학생과 스치듯 지나갔다. 남학생의 교복 가슴에는 유명 예고의 심벌이 수놓아져 있었다. 명찰도 달려 있었다. 이름까지 똑똑히 읽을 수 있을 만큼 가까운 거리였다. 나는 무심한 척 골목을 빠져나와 조금 떨어진 편의점 앞 의자에 앉았다. 바나나우유에 빨대를 꽂아 들었다. 하지만 시선은 그 아이를 향해 멈춰 있었다.

그때였다. 남학생이 주변을 두리번거리더니 실외기 안쪽에 숨겨둔 마약을 잽싸게 꺼냈다. 그리고는 아무렇지도 않게 내가 있는 쪽으로 걸어 나왔다. 얼굴을 보니 착실한 우등생처럼 보였다. 걸음걸이도 반듯했다. 그 애는 바른 자세로 성큼성큼

내 앞을 지나갔다.

"헉!"

눈을 의심했다. 마약은 밤의 세계, 어른들의 비밀스러운 영역이라고 생각했다. 책가방 멘 아이가 그걸 꺼내는 장면은 내가 알고 있던 세계를 한순간에 무너뜨렸다.

'생긴 건 멀쩡했는데. 쟤만 예외겠지. 설마…….'

집에 돌아가서도 잠을 이룰 수 없었다. 이건 내 예상에 없던 일이었다.

그날 이후, 나는 마약을 숨겨놓은 좌표를 몰래 지켜보기 시작했다. 내가 본 건 예상과는 완전히 달랐다. 양복을 입은 젊은 회사원, 과잠을 입은 대학생, 장바구니를 든 아줌마, 킥보드를 탄 청소년까지. 모두 어디서나 볼 수 있는 평범한 사람들이었다. 아기를 안고 태연하게 마약을 챙겨가는 젊은 엄마를 봤을 때는 다리가 후들거릴 정도였다.

'신경 쓰지 마. 어차피 이건 저 사람들의 선택이야. 내 탓이 아니야.'

내 발등에 떨어진 불이 더 급했다. 주급으로 입금해달라고 신청했으니 며칠만 참으면 돈이 들어온다. 가슴이 따끔거렸지만, 나는 묵묵히 또 하나의 일을 끝냈다.

'빚만 갚으면 곧장 그만둘 거야.'

돈이 들어오는 날이 되었다. 백화점 입구 쪽에 있는 물품 보관함에 넣어두었다고 했다. 돈도 마약 던지기처럼 주어졌다. 하지만 마음이 한결 가벼웠다. 이날만을 기다렸기 때문이다.

나는 텔레그램으로 들어온 비밀번호를 눌렀다. 산뜻하게 문이 열렸고, 봉투가 있었다. 나는 주변을 살피다가 갖고 온 가방에 돈 봉투를 바로 넣었다. 장소를 한참 벗어나 한적한 공원으로 가서 가방을 열었다. 봉투가 생각보다 얇았다. 현금을 꺼내 세어봤는데 몇 번을 세어도 원래 지급하기로 한 돈의 3분의 1밖에 되지 않았다.

"이 새끼들이! 어디다 사기를 쳐!"

나는 바로 따져 물었다. 답장도 바로 왔다.

[제가 당근 말했는데요, 인턴 과정이라 이번 주는 3분의 1만 드린다고요.]

거짓말이다. 시작 전에 단 한 번도 그런 말을 들어 본 적이 없다. 쌍욕을 하고 싶었지만 돈 때문에 참을 수밖에 없었다. 뒤통수를 제대로 맞았다. 다리에 힘이 다 풀렸다.

"지석이랑 말투가 비슷하네. '당근' 쓰는 새끼들 다 싫어! 사기꾼 같은 새끼들!"

화가 나서 미친 듯이 소리쳤지만 방법이 없었다. 송이에게 슬리퍼 살 돈도 갚아야 하는데. 이 돈으로는 두 개를 모두 해결할 수 없어 우선 사채업자에게 전부 보냈다. 사채업자는 돈을 받자마자 다음 달에 보내야 할 돈을 복리로 계산해 보내왔다. 빚은 갚아도 또 제자리였다.

"나한테 왜 이러는데, 대체 왜!"

나는 휴대폰에 대고 소리를 질렀다. 원금은 진작에 갚았지만 이자에 이자가 또 붙어 줄어들 줄을 몰랐다. 내 수중엔 한 푼도 남지 않았다. 걸을수록 푹푹 꺼지는 늪지대를 걷는 느낌이었다. 희망도, 기쁨도 사라진 일상의 연속이었다. 나를 지옥에서 구해줄 수 있는 건 이제 오직, 큰돈뿐이었다.

집에 돌아와 샤워를 했다. 물기를 대충 닦아내고 방으로 들어와 기계처럼 책상 앞에 앉았다. 늘 그렇듯 간식과 우유 한 잔이 놓인 쟁반이 있었다. 그리고 그 위, 익숙한 노란 포스트잇 한 장.

지치근용(知恥近勇): 부끄러움을 아는 것이야말로 용기에 가까운 일이다.

그 문장을 보는 순간, 속이 뒤집혔다. 지금 내 꼴을 정곡처럼 찔러서 더 화가 났다. 가방을 바닥에 내던졌다.

"아, 진짜 이딴 메모지 좀 작작 붙이라고!"

문을 열고 주방에 서 있는 엄마를 향해 소리쳤다.

"누가 선생님 아니랄까 봐 그래? 왜 맨날 이딴 식이야? 나한테 공부 아니면 할 말이 없어? 공부 안 하면 사람도 못 되는 거야? 이게 무슨 애정이야, 애정을 가장한 주입식 공부지!"

엄마가 손에 들고 있던 컵이 살짝 떨렸다. 잠옷 차림의 엄마는 그저, 그 자리에서 멍하니 나를 바라봤다.

마왕이란 이름을 얻다_준과 지석

작업할 양이 점점 많아졌다. 마케팅에 약간만 변화를 줬을 뿐인데도 고객들의 반응은 폭발적이었다. 아이스크림방의 알림음이 미친 듯이 울리기 시작했다. 약이 불티나게 팔렸다. 돈 관리를 맡은 지석의 표정도 아이처럼 밝아졌다.

"야, 준, 이리 와봐. 사람들이 너보고 마왕이래, 큭큭큭."

지석이 텔레그램을 들여다보며 웃었다. 어느 순간부터 고객들은 텔레그램방을 관리하는 준을 '마왕'이라고 부르기 시작했다.

[마왕님, 이렇게 좋은 제품을 주시니 당신의 영원한 노예가 되어드리겠습니다!]

불평불만이 많던 azaci49to49조차 극찬하며 대량 주문을 넣었다.

"대박, 이 아저씨 미쳤어. 씨바, 이게 얼마어치야!"

지석이 주문서를 보고 놀라 소리쳤다. 지금 있는 재고를 모조리 긁어모아도 부족한 양이었다. 바로 해외 상선에 추가 주문을 넣어야 했다. 하지만 그가 내건 조건을 보고 둘은 잠시 얼어붙었다.

Only 대면거래.

그는 이번만큼은 반드시 직접 만나서 물건을 받고 싶어 했다. 준은 그를 설득하려고 애썼지만 요지부동이었다.

[양이 이렇게 많잖아. 돈도 장난 아니고. 대량으로 구매하는데 혹시 이상한 걸 섞었으면 어쩔 거야? 직접 받고 확인해야 하니까 그런 줄 알아. 안 되면 말아, 살 곳은 많으니까.]

준은 머리가 지끈지끈 아팠다. 닉네임에 '아저씨'가 들어간 걸 보고 대충 짐작은 했지만, 생각보다 나이가 훨씬 많아 보였다. 나이 많은 인간들은 대체로 의심이 많다. 자리에서 일어나 고시텔을 서성거렸다. 드라퍼의 얼굴을 드러내는 건 생명을 거는 일이나 다름없다. 재수가 없으면 드라퍼가 잡히고, 그 여파가 자신들에게까지 미칠 수 있다.

"충성도 높은 고객인데 그 사람이 우리를 찌를 일은 없잖아. 돈을 더 준다고 하고 드라퍼 중에 대면거래를 해줄 수 있는 사람을 뽑으면 돼."

지석이 말했다.

"오토바이로 잽싸게 던져주고 튀라고 하면 되잖아."

준은 고개를 끄덕였지만, 여전히 마음 한구석이 찜찜했다. 하지만 그 큰돈을 남 좋은 일만 시키며 넘겨줄 생각은 없었다. 대안이 없었다. 결국 그러자고 결정했다. 둘은 그와 만날 장소를 정했다. 공원 앞 어린이 놀이터였다.

문제는 위험을 감수하고 대면 거래를 할 드라퍼를 뽑는 것이었다. 둘은 '대면거래 지원자'를 모집했다. 돈을 두 배로 내걸었다. 당연히 지원자가 몰릴 거라고 생각했지만, 반응은 싸늘했다. 자신을 드러내는 건 그들에게도 치명적이었다. 텔레그램은 조용했다. 아무도 연락해오지 않았다.

시간이 한참 흐른 뒤, 마침내 한 명이 지원했다.

"거봐, 모범생은 어디서나 성실한 법이라니까!"

지석이 지원자의 닉네임을 보고 낄낄거리며 말했다.

아이스크림방의 알림음은 여전히 끊이지 않고 울렸다.

"야, 뭐가 이렇게 잘 풀리냐?"

준이 손을 바쁘게 놀리며 우쭐거렸다.

"돈 버는 거 별거 아니다. 역시 머리만 좋으면 돈은 그냥 벌리는 거야."

"맞는 말이다."

지석도 키득거렸다.

"난 돈 벌어서 차 살 거야. 우리 엄마 아빠는 스타렉스 타고 다니거든, 도배 작업 다니느라."

지석의 눈이 반짝였다.

"폼 나게 벤츠 하나 뽑아드리고, 난 람보르기니 몰고 다닐 거야. 씨바, 옆에 예쁜 여자 태우고 폼 나게 달리는 거지."

"난 건물주가 될 거야."

준도 뒤질세라 소리쳤다.

"다달이 돈 나오는, 황금알 낳는 거위 같은 건물! 그걸 내 이름으로 사는 거지."

"난 돈으로 방석도 만들 거다. 진짜 돈방석! 엉덩이로 돈의 맛을 느껴보고 싶어. 그리고 지폐를 막 뿌려서 꽃길이 아니라 돈 길을 만들어서 그 위를 걸어 다니는 거야, 큭큭."

둘은 일이 생각보다 잘 풀린다고 믿었다. 고시텔 안에서 키득거리며 작업을 이어갔다. 작업은 쉽지 않았다. 하지만 작업하는 중에도 아이스크림방의 알림음은 끊임없이 울렸다.

둘은 행복한 비명을 질렀다. 여름방학을 기대했다. 그때는 지금보다 일을 더 크게 벌일 수 있을 것 같았다.

　돈이 많이 들어올수록 둘의 소비도 과감해졌다. 아까운 것은 없었다. 지석은 학생들이 입는 명품을 넘어 성인들이 입는 고가 브랜드를 사 입기 시작했다. 준도 마구잡이로 고가의 물건들을 샀다. 고시텔에 명품 가방과 값비싼 전자제품이 굴러다녔다.

　처음엔 애지중지했지만, 일주일도 안 되어 흥미를 잃었다. 가방도, 전자기기도 여기저기 던져놓기 일쑤였다. 알림음이 울릴 때마다 돈이 들어왔고, 계좌에는 단 한 번도 만져보지 못했던 돈이 쌓여갔다. 둘은 돈만 있으면 무엇이든 다시 가질 수 있다고 믿었기에 어떤 것도 귀하게 여기지 않았다.

　어느 날, 지석이 노트북을 들고 왔다. 그들이 지금까지 벌어들인 수익이 담긴 엑셀 파일이 띄워져 있었다. 거기에 적힌 숫자는 준이 처음 제시했던 목표액을 훨씬 넘어 있었다.

　"그만둘 거야?"

　지석이 진지한 얼굴로 물었다.

　"뭘?"

　준이 반문했다.

　"PPT 보여줬을 때 네가 말했잖아, 목표한 돈 벌면 바로 빠진다고."

"미쳤냐? 황금알 낳는 거위를 왜 버려?"

준은 당황한 눈빛으로 지석을 바라봤다.

"너 그만둘 거야?"

"돌았냐? 당근 해야지!"

지석이 장난스러운 얼굴로 준의 머리카락을 흩뜨리며 말했다. 준은 놀란 가슴을 쓸어내렸다.

"깜짝이야, 진짜 그만두는 줄 알았잖아."

준이 웃으며 말했다.

"지석아, 우리 이번 주에는 돈 좀 써보자. 열심히 일했잖아."

"어디서?"

지석이 물었다. 준은 놀이공원을 제안했다. 롤러코스터를 타고 뻥 뚫린 하늘을 보며 웃고 싶었다.

하지만 지석은 코웃음을 쳤다.

"너무 건전한데? 마약상이 갈 데는 아니지. 룸살롱이나 유흥주점 같은 데를 가야지, 큭큭."

"난 이미지 관리하는 몸이잖아. 건전하게 회식해야지. 밥도 먹고, 놀기도 하고."

준이 멋쩍게 변명했다.

지석은 단조롭게 손가락으로 오케이 사인을 보냈지만, 사실 마음은 폭죽이 터지는 것처럼 들썩였다. 처음이었다, 누군가와 함께 어딘가를 간다는 게. 그게 단지 놀러 가는 것일 뿐인데도 가슴이 벅차올랐다. 코끝이 시큰해질 정도로.

엄마의 인맥 덕분에 친구가 있었던 초등학생 시절을 빼면 중고등학교를 통틀어 지석은 단 한 번도 친구를 사귀어 본 적이 없었다. 지석에게 인간관계란 언제나 채무 관계였다. 하지만 준은 달랐다. 말이 통했고, 꿈이 비슷했고, 무엇보다 돈에 대한 철학이 맞았다. 지석은 느꼈다. 이 친구는 내 인생을 환하게 비춰줄 명품 같은 존재라고. 그 하루를 위해 지석은 코인 계좌에서 충분한 돈을 꺼냈다. 어디를 갈지, 무엇을 먹을지, 어떤 대화를 나눌지까지 계획했다. 지석은 그날을 세상 무엇보다 소중하게 기다렸다.

놀이공원은 사람으로 가득 차 있었다. 모든 놀이기구 앞에 줄이 늘어서 있었고, 줄은 뱀처럼 꼬불꼬불 끝도 없이 이어져 있었다. 회전목마처럼 유치원 아이들이나 탈 것 같은 놀이기구도 최소 삼십 분은 기다려야 할 것 같았다. 줄이 더 긴 놀이기구는 두세 시간은 족히 걸릴 분위기였다.

"뭐야, 자유 이용권 끊어도 몇 번 못 타겠네."

준이 툴툴거리며 말했다.

"야, 그냥 앞으로 가."

지석이 자신만만하게 말했다.

"사람들한테 욕먹으려고?"

준이 불안한 표정으로 물었다.

"내가 당근 스페셜 하게 준비했지. 나만 따라와."

지석은 장난스런 미소를 지으며 성큼성큼 줄을 가로질러 앞으로 갔다. 준은 머뭇거리다가 결국 지석을 따라나섰다. 사람들은 둘이 줄을 뚫고 지나가는 걸 조용히 지켜보았다.

"엄마, 저 형들 새치기하는 거 아니야?"

뒤쪽에서 초등학생으로 보이는 아이가 불만을 터뜨렸다.

"돈 더 주면 줄 안 서고 탈 수 있는 매직 패스권이 있어. 그거 끊었나 보지."

옆에서 휴대폰을 보던 엄마가 답했다.

"다음엔 우리도 그거 끊자."

"비싸."

엄마의 말에 아이의 입술이 삐죽 튀어나왔다. 지석은 그런 아이를 향해 혀를 쪽 내밀어 놀렸다. 아이는 금세 울상으로 변했다.

"이야, 멋진데."

준이 지석을 향해 엄지손가락을 치켜들었다. 둘은 긴 줄을 지나쳐 별도의 출입구로 향했다. 안전 요원이 나와 문을 열어주었고, 지석과 준은 맨 먼저 놀이기구에 탑승했다. 뒤에 서 있던 사람들은 둘이 입장하는 모습을 부러운 듯 쳐다보았다.

지석은 그 시선들을 즐겼다. 사람들이 자신을 위아래로 훑어보는 것도, 자신이 오늘 어떤 모습을 하고 있는지도 완벽히 알고 있었다. 지석은 오늘을 위해 머리부터 발끝까지 노골적인 명품으로 치장했다. 가슴에는 로고가 크게 박힌 고가 브랜드 옷을 입었고, 발에는 로고가 선명한 신발을 신었다. 준 역시 마찬가지였다. 힙하게 보이는 헐렁한 청바지와 티셔츠 모두 겉보기와는 다르게 모두 고가의 명품이었다. 둘은 모델처럼 자신만만한 걸음으로 걸어갔다. 오늘, 그들은 세상에서 가장 특별한 존재가 된 것 같았다.

자이로드롭 위에서 본 사람들은 개미처럼 작아 보였다.

"야, 저기 애들 뭐 하냐. 종일 서 있어도 두 개나 타려나."

준이 아래를 깔보듯 내려다보며 말했다.

"그러니까 돈을 벌어야지, 이 한심한 놈들아!"

지석이 키득거리며 맞장구쳤다.

둘이 웃고 있을 때 자유낙하가 시작되었다. 70미터 상공에서 준과 지석은 시속 94킬로미터의 속도로 떨어졌다. 올라가는 속도에 비해 내려오는 속도는 말할 수 없을 정도로 짧고 강렬했다. 단 삼 초. 삼 초의 하강 시간 동안 준은 극도의 공포를 느꼈다.

"아아아악!"

준이 소리를 내질렀다. 겁에 질린 목소리였다.

"넌 이게 재미있냐?"

준이 눈물까지 고여서는 물었다.

"당근이지. 뭐냐, 이걸 이렇게 겁낸다고? 큭큭큭."

평소엔 멋있는 척 다하던 준이 망가진 얼굴로 눈물까지 글썽이고 있었다. 지석은 어이없으면서도 피식 웃음이 터졌다. 준은 민망한지 하얗게 이가 드러나도록 활짝 웃었다. 지석을 향해, 정말 즐겁다는 듯이.

지석은 가슴이 벅차올랐다. 이렇게 친구와 서로를 보며 진심으로 웃어본 게 언제가 마지막이었을까. 기억나지 않았다. 가슴 한쪽이 몽글몽글해졌다. 몸속 깊은 곳에서 따뜻한 무언가가 밀려 올라왔다.

'씨바, 이게 우정이라는 거였어. 이걸 학교 다닌 지 십 년 만에 느끼다니!'

지석은 순간 자신의 삶에 환한 빛이 스며드는 걸 느꼈다. 이런 친구라면 학교를 오백 년도 더 다닐 수 있을 것 같았다. 아니, 어디를 가든, 어떤 일을 하든, 함께라면 괜찮을 것 같았다.

지석은 마음속으로 굳게 다짐했다. 이 우정, 절대 놓치지 말자. 그리고 동시에 머릿속으로 준과 함께할 사업 계획을 조금 더 단단하게 그리기 시작했다.

지름길에서 길을 잃다_선우

여름다운 날이었다. 날씨는 점점 더워지고 있었다. 하지만 나는 오늘도 검은색 캡 모자와 검은 마스크를 쓴 채 동네에서 여섯 정거장 떨어진 주택단지로 향했다. 그곳은 재개발구역으로, 빈집이 제법 많다. 은신처로 최적이다. CCTV가 있을 리 없고, 차들도 자주 다니지 않아 블랙박스에 찍힐 걱정도 없기 때문이다.

이번에 갈 곳은 다세대주택 옥탑방이었다. 골목을 한참 들어가야 했다. 골목길에 접어들자마자 나처럼 검은 모자를 쓴 남자가 내려오는 게 보였다. 긴소매 옷에 점퍼까지 걸쳤다. 이 더위에? 차림새도 이상했지만, 걸음걸이는 더 이상했다. 대낮인데 술에 취한 듯 몸을 비틀거리며 좀비처럼 걸었다. 근데 어딘가 낯익은 얼굴이었다. 나도 모르게 그가 가는 방향을 지켜 보게 되었다.

호기심에 그의 뒤를 따랐다. 그는 폐가로 들어갔다. 창틀은 녹슬어 있었고, 창문은 아예 유리가 빠져나간 채였다. 벽지는 뜯겨 나가 시멘트가 드러나 있었고, 바닥에는 부서진 유리조 각과 먼지가 뒤섞여 널려 있었다. 그런 곳에서 그가 허겁지겁 코로 무언가를 들이마셨다. 마약이었다.

기둥에 숨어 그 모습을 바라보다가 고개를 든 그의 얼굴을 봤다. 정말 한 번 본 적 있는 얼굴이었다. 예전에 골목길에서 마주친, 교복을 입었던 학생이었다. 하지만 그때의 맑은 눈빛 은 흔적도 없었다. 초점을 잃어 흐리멍덩했다. 통통했던 얼굴 은 두 볼이 패여 땅콩처럼 일그러져 있었다. 그사이 무슨 일이 있었는지 하얀 피부도 칙칙해져 있었다.

숨이 턱 막혔다. 그 자리에서 몸을 돌려 살금살금 걷다가 골 목길이 나오자마자 뛰기 시작했다. 목적지인 옥탑방으로. 미친 듯이 골목을 올라갔다. 옥탑방을 향하는 계단에서 뒤를 돌아 봤다. 그 녀석이 걸어 나오는 게 보였다. 비척거리던 몸이 마약 을 들이마신 뒤엔 멀쩡해졌다.

그 짧은 순간에, 사람이 망가졌다. 믿기지 않았다. 정신이 아 득해졌다. 내 일이 이런 결과를 가져올 거라고는 생각하지 못 했다. 나는 중독자를 단 한 번도 본 적이 없었으니까. 내가 저

지른 불법의 대가는 나 아닌 저 소년이 먼저 치르고 있었다. 내 주머니를 채우는 일이 다른 사람을 얼마나 깊은 구덩이로 밀어 넣는 일인지, 그제야 실감이 났다.

이 일을 빨리 끝내야 했다. 놀란 가슴을 진정시키며 옥탑방으로 올라갔다. 옥탑방 앞마당에 있는 빈 화분이 은닉처였다. 앞마당에는 화분이 여러 개 놓여 있었다. 스산한 옥탑방이 꽃 화분 덕에 조금은 화사해 보였다.

계단 가까이에 있는 빈 화분으로 다가갔다. 흙을 살짝 걷어 내고 준비해 온 하얀 분말 가루가 든 비닐을 그 속에 묻었다. 바로 사진을 찍고 서둘러 발을 옮겼다.

그때였다. 뒤에서 창문이 벌컥 열리는 소리가 났다.

"야, 남의 집에서 뭐 해? 사진은 왜 찍는 거야?"

심장이 떨어질 것 같았다. 잽싸게 계단 쪽으로 뛰었다.

"양선우! 거기 안 서!?"

귀를 의심했다. 하지만 분명 내 이름이었다.

이름이 불리자마자 나는 얼음처럼 굳어버렸다. 한 발짝도 움직일 수 없었다. 뒤에서 달려온 누군가가 내 어깨를 확 잡아 돌려세웠다. 어쩔 수 없이 그 사람을 볼 수밖에 없었다.

추리닝 차림에 욕실화를 신은 채송이가 서 있었다.

"네, 네가 여기 왜 있어?"

나는 얼이 나가 물었다. 채송이는 대답 대신 질문으로 되받았다.

"그럼 너는 왜 여기 있는데? 이번에도 뭐 훔치러 왔어? 너이제 완전히 이 길로 들어선 거야?"

할 말이 없었다. 하지만 뭐라도 말해야 했다.

"그, 그게……, 그럴 리가. 그냥, 그냥 지나가다가 꽃이 예뻐서…… 나도 모르게 올라온 거야."

나는 더듬거리며 변명했다.

"근데, 너는 왜 여기 있는 거야?"

플렉스 걸 채송이와 이 허름한 옥탑방은 도저히 어울리지 않았다.

"여기가 우리 집이니까."

채송이는 아무렇지 않게 말했다. 농담처럼 가볍게 던졌지만, 나는 웃을 수 없었다. 멀뚱히 서서 채송이와 옥탑방을 번갈아 바라봤다.

"올라와."

채송이는 먼저 발을 돌려 계단을 올랐다. 나는 송이의 말에 따라 계단을 올라 다시 옥탑방 마당으로 갔다. 송이가 낡은 의자 하나를 내주었다.

"우리 집 망했어. 아빠 사업이 부도나서 여기로 이사 온 거야. 온 지 한 6개월쯤 됐나?"

송이는 너무나 태연하게 말했다. 그 직설적인 말투에 나는 뭐라고 대꾸해야 할지 몰랐다. 머릿속에 그저 '채송이 진짜 넘사벽'이라는 생각만 맴돌았다. 나라면 이렇게 담담하게 말할 수 없었을 것이다. 숨거나 도망쳤을 게 뻔했다.

"왜 그런 눈빛으로 봐?"

송이가 내 표정을 읽고 웃으며 말했다.

"이렇게 편하게 말하기까지 나도 꽤 오래 걸렸어. 하지만 현실을 계속 부정할 순 없잖아. 받아들여야 할 건 받아들이고, 거기서 다시 시작하는 거지, 뭐."

송이는 어깨를 한 번 으쓱했다.

"참, 너 이제 얘기할 때도 되지 않았냐? 내 슬리퍼 얘기. 아직도 안 했잖아."

더는 도망칠 길이 없어 보였다. 나는 부분적으로 솔직해지는 방법을 택했다. 마약을 숨기러 왔다는 사실은 말하지 못했지만, 도박으로 지석에게 빚을 졌고, 그 빚 때문에 막다른 골목에 몰려 결국 슬리퍼를 훔치는 어처구니없는 짓까지 저질렀다고 고백했다. 송이는 내 말을 끊지 않고 묵묵히 들어주었다.

"미안해. 그때는 제정신이 아니었어. 어떻게든 돈을 갚으려고 해서는 안 될 일을 한 거야. 지금도 돈 모으려고 애쓰고 있어."

내 긴 변명이 끝나자마자 송이가 내 눈을 똑바로 바라보며 물었다.

"그럼, 지금은 제정신으로 돌아온 거야? 확실해?"

송이의 눈빛은 단호했다. 마치 속마음을 들켜버린 것 같아 나는 눈을 피했다.

"우리 아빠가 갑자기 망한 이유가 뭔지 알아?"

송이는 내게서 눈을 떼지 않은 채 조용히 말했다.

"사기를 당했어. 처음 사기를 당하고, 아빠는 사업을 정상화시키려고 무진 애를 썼어. 그때 사고를 수습해주겠다는 사람이 다가왔고, 아빠는 그 사람이 내건 조건을 다 맞춰줬어. 무엇을 내주는지도 모른 채 계약서에 사인했지. 그리고 어떻게 됐는지 알아? 결과적으로, 아빠는 그 사람한테 두 번 사기를 당했어."

송이의 목소리는 담담했지만, 말끝에 묘한 떨림이 배어 있었다.

"사람이 너무 절박하면 누구나 뻔히 보이는 함정에도 빠지는 거야. 그래서 가장 위험한 시기가 바로 사기당한 직후라고 하더라. 아빠가 내게 해준 말이야."

송이의 말을 듣자 마음 한구석이 뜨끔했다. 마치 송이가 이미 내 사정을 다 알고 있기라도 한 것 같아 괜히 숨이 막혔다.

"왜…… 이런 말을 나한테 하는 거야?"

짐짓 모른 척하며 물었다.

"그때 우리 아빠 눈빛이, 너한테서 보였거든."

송이는 조용히 말했다.

"지난번에 내가 그냥 넘어간 것도 절박한 눈빛 때문이었어. 함정에 빠져 오도 가도 못하는 고라니 같은 눈빛. 네가 그런 눈을 하고 있었으니까."

그 대답에 나는 아무 말도 하지 못했다. 그저 고개를 숙인 채 마당의 꽃들을 보는 척했다.

"너, 여기 꽃 보러 온 거 아닌 거 알아."

송이의 목소리는 단호했다.

"이 더위에 캡 모자에 검은 마스크를 쓰고 남의 집 옥탑방에 올라오는 일은 도둑질 말고는 없어. 아니면 누구에게도 얼굴을 보여줄 수 없는 일을 하고 있거나. 이번에도 절박한 무언가 때문이라면, 제발 다른 방법을 찾아."

머리가 멍해졌다.

'이 수렁에서 빠져나갈 방법이 있을까?'

문득 그런 생각이 들었지만, 고개가 절로 저어졌다. 어떻게든 빠르게 빠져나가려 애썼는데, 지름길만 골라 걸었는데, 왜 점점 더 깊은 수렁으로 빠져들기만 할까. 송이의 말을 들으며 어렴풋이 그 이유를 알 것 같았다.

"네 슬리퍼는 내가 어떻게 해서든 다시 사줄게. 늦을 순 있겠지만, 잊지 않고 있어. 그 약속 지키려고 지금도 애쓰고 있고."

나는 모자를 더 푹 눌러쓰며 겨우 말했다. 내가 할 수 있는 말은 그것뿐이었다.

"내 슬리퍼 때문이라면 이제 그만 애써."

송이는 차분한 어투로 말을 이었다.

"사실, 그 슬리퍼는 내 마지막 남은 자존심 같은 거였어. 부자였던 과거의 나를 증명할 수 있는 유일한 증표였으니까. 그게 사라지면 아이들이 나를 만만하게 볼 것 같았어. 난 원치 않았는데, 내가 가진 물건들 때문에 아이들이 나를 다른 세계 사람처럼 보잖아. 그래서 얼마나 애지중지했는지 몰라. 예전엔 물건 하나 잃어버려도 찾지도 않았는데 말이야. 근데, 잃고 나서 깨달았어. 나를 물건으로 증명하려 하면 안 된다는 걸. 물건이 사라졌다고 나까지 사라지면 안 되잖아. 네 덕분에 그런 걸 알게 됐어."

송이가 부드럽게 웃었다.

"그리고 내 슬리퍼, 사실 엄청 낡았어. 중고로 내놓아도 팔기 힘들었을 거야. 그러니까 나중에 떡볶이나 한번 사. 이 약속은 꼭 지켜라."

그때 내가 본 송이의 슬리퍼는 애지중지한 덕인지 충분히 새것처럼 보였다.

송이의 웃음에 마음 한구석이 찌릿했다. 송이는 가진 것을 모두 잃고도 여전히 부자였다. 마음 부자. 저 상황에서 어떻게 나를 위하는 말을 할 수 있을까. 모든 말이 나에 대한 배려였다. 그 순간, 송이가 나보다 몇 살은 많은 누나처럼 느껴졌다.

집으로 돌아오는 발걸음이 그 어느 때보다 무거웠다. 나는 바닥에서도 밑바닥을 기는 벌레 같았다. 헤어날 수 없는 절망의 구렁텅이에 빠진 건, 모두 내 탓이었다. 그것도 모자라 남들까지 그 구렁텅이에 빠뜨렸다. 이렇게 살다가는 끝도 없는 바닥으로 추락할 것만 같았다.

늦은 밤, 진수에게서 생존 신고가 왔다. 진수는 긴 편지 같은 메시지와 함께 짧은 동영상을 하나 보내왔다. 영상은 충격적이었다. 벽에 기대앉아 있는 진수의 지저분한 얼굴, 헝클어진 머리, 군데군데 멍든 팔. 팔뚝 어딘가에는 새로 난 상처가 선명했다. 보다가 나도 모르게 눈물을 흘리고 말았다.

"존나, 싫어. 이 새끼 진짜 싫어!"

휴대폰을 내려놓고 울먹이며 의자에 앉았다. 책상 위 쟁반이 눈에 들어왔다. 익숙한 노란 포스트잇이 또 붙어 있었다. 화를 내려다 멈칫했다. 문장이 길었다.

울 아들, 요즘 뭘 하느라 그렇게 많이 바쁜 거니? 고민 있으면 엄마한테 말해줘. 엄마는 네가 힘들 때 기댈 수 있는 언덕이 되고 싶어. 기다리고 있을게.

엄마가 반듯하게 쓴 글자를 하나하나 따라가듯 손가락으로 쓸었다. 글자에서 온기가 느껴졌다. 엄마의 필체는 마치 뒤틀린 내 마음을 조용히 펴주는 손 같았다.

특별한 배달_선우

　새벽부터 배달 일을 시작했다. 좌표를 확인하고 준비한 '특별한 것'을 그 자리에 조심스레 내려두었다.

　남들보다 배달 건수가 많은 건 닥치는 대로 일했기 때문이기도 하지만, 무엇보다 이 일에선 나를 믿는 사람이 많다. 그래서 더 많은 일을 맡았고, 나는 그만큼 더 달렸다. 오토바이를 타고 종일 도시를 누볐다.

　오후가 가까워지자 마지막으로 남겨둔 배달 건이 머릿속을 계속 맴돌았다.

　'대면 배달, 고액 미션, 단 한 번.'

　이 배달은 평소와 다르다. 메시지를 주고받는 텔레그램방엔 주소와 함께 '배달 즉시 자리 뜨기'라는 경고성 지시가 짧게 적혀 있었다. 나는 이 일을 내 마지막 배달로 삼기로 했다. 오늘을 끝으로 이 세계에서 손을 떼고 싶었다.

해가 기울 무렵, 정해진 시간이 가까워졌다. 마음을 다잡고 오토바이 앞에 섰다. 검은 헬멧을 쓰고 바이저를 내려 눈을 가렸다. 라이더 복장도 준비해뒀던 걸 입었다. 겉으로 보기엔 그냥 또 하나의 배달 일처럼 보이길 바랐다.

숨을 삼켰다. 시동을 걸었다. 엔진이 낮게 으르렁댔다. 끝이 보인다. 마지막 배달이다.

약속한 공원 앞, 낡은 흰색 승용차 한 대가 서 있었다. 멀찌감치 떨어진 곳에서 차량번호를 확인했다. 전달받은 번호와 일치했다. 그 차에 다가갔다. 창문이 내려지자마자 물건을 던졌다. 물건을 받은 사람은 중년 아저씨였다. 며칠 동안 깎지 않았는지 얼굴엔 수염이 덥수룩했고, 잠을 못 잤는지 눈이 충혈되어 있었다. 말하지 않아도 알 수 있었다, 중독자라는 걸. 그 눈빛은, 이미 사람이 아니었다.

나는 아무 말 없이 '미션 완료'라고 메시지를 보내고 곧장 전속력으로 자리를 떴다. 골목길을 빠져나와 대로로 접어들었다. 모든 것이 끝났다고 생각하니 마음이 한결 가벼워졌다.

근데 백미러를 보자마자 머릿속이 하얘졌다. 아까 그 흰색 승용차가 고속으로 내 뒤를 바짝 쫓아오고 있었다.

'설마 벌써 풀어봤나? 아니면 약에 취해서 쫓아오는 건가?'

제정신 아닌 사람이 더 무서운 법이다. 갑자기 다리가 떨리고 등 쪽으로 식은땀이 났다. 신호가 바뀌는 순간 액셀을 끝까지 밟았다. 흰색 차도 속도를 높이며 내 뒤를 쫓았다.

나는 마구잡이로 차선을 바꾸며 차들 사이를 미친 듯이 요리조리 피해 나갔다. 경적이 사방에서 터졌고, 창문 너머로 욕설이 들리는 것 같았다. 앞이 제대로 보이지 않았다. 오직 도망쳐야 한다는 본능만이 나를 움직이고 있었다. 심장이 터질 듯 뛰었다. 백미러 속 헤드라이트가 점점 가까워졌다. 불빛이 나를 겨냥한 조준점처럼 따라붙었다.

그때, 대로 옆 골목에서 자전거 한 대가 내 앞으로 갑자기 튀어나왔다. 본능적으로 브레이크를 잡았다. 타이어가 미끄러지며 고막을 찢는 듯한 비명을 질렀다. 나는 자전거를 피하려 몸을 왼쪽으로 기울였고, 중심을 잃은 채 오토바이와 함께 도로 위로 내동댕이쳐졌다.

쾅!

아스팔트 위로 몸이 미끄러졌다. 머리가 울렸다. 빙글빙글 돌던 세상이 멈춘 그 순간, 내 앞에서 날카로운 제동 음이 들렸다. 바퀴와 도로가 갈리는 소리. 그리고, 내 앞에 흰색 차량이 멈췄다.

마약 아저씨 차였다.

나는 한쪽 다리를 절룩이며 필사적으로 오토바이에 올라탔다. 손이 떨려 시동이 제대로 걸리지 않았다. 다시 한번 더 깊게 액셀을 틀었다.

그때, 차 문이 열렸다. 아저씨가 내 쪽으로 다가왔다.

"이봐, 학생! 거기 서!"

다행히 시동이 걸렸다. 나는 핸들을 틀며 튀어 나갔다. 대로에서 다시 속도를 붙였다. 흰색 차량도 곧장 따라붙었다. 아저씨는 액셀을 끝까지 밟은 듯 내 옆까지 거의 바짝 붙어왔다.

차가 진입할 수 없는 좁은 골목으로 방향을 바꿨다. 뒷바퀴가 미끄러지듯 골목을 빠져나갔다. 조금만 더 가면 그곳이다.

요리조리 골목길을 달려서 다시 대로로 막 빠져나왔을 때, 검은색 차량이 튀어나와 내 앞을 막아섰다. 식은땀이 등을 타고 흘렀다. 이건 우연이 아니다. 누군가 일부러 짜놓은 듯, 내 앞뒤가 흰색과 검은색 차량으로 완벽하게 포위됐다.

나는 오토바이를 버리고, 헬멧도 벗지 않은 채 그대로 튀듯 달렸다. 목적지는 불과 100미터 앞. 경찰서 간판이 눈에 들어왔을 땐 살았다는 생각이 스쳤다.

'경찰서야. 이제 됐어. 여기까진 못 오겠지.'

하지만 그 생각은 한순간에 깨졌다.

"거기 서!"

차 문이 열리는 소리와 함께 아저씨가 망설임도 없이 뛰기 시작했다. 정말이었다. 경찰서 앞까지 저 미친놈이 따라오고 있었다.

'진짜 미쳤나 봐. 마약에 취해 겁을 잃은 건가?'

나는 필사적으로 계단을 향해 달렸다. 아저씨의 거친 발걸음 소리가 바싹 쫓아왔다. 그게 너무 무서웠다. 아무도 그를 말리지 않았다.

계단 앞에 도착했을 때 본능적으로 뒤를 돌아봤다. 그 순간, 발이 꼬여 그대로 바닥에 나동그라졌다. 무릎이 깨지는 듯했고, 숨이 막혔다. 뒤에서 거대한 그림자가 덮쳐오는 기분이 들었다.

'설마…… 여기서 끝나는 건 아니겠지?'

그의 걸음은 마약에 취한 사람 같지 않았다. 일정했고, 중심도 흐트러지지 않았다. 마치 훈련된 사람처럼. 내가 알던 흐물거리는 '마약범'과는 전혀 달랐다.

넘어진 나를 향해 아저씨가 다가와 손을 내밀어 바이저를 올렸다. 나는 놀라서 숨을 삼켰다. 온몸이 얼어붙는 기분이었다. 그의 얼굴이 바로 코앞에 나타났다. 붉게 충혈된 눈, 굳게 다문 입. 숨소리마저 낯설고 위협적이었다. 마치 괴물이 된 사람처럼. 여기가 경찰서 앞이라는 사실도, 낮이라는 사실도 내겐 전혀 위로가 되지 않았다.

"진짜는 어디에 숨긴 거야? 나한테는 가짜를 넘겼던데."

목소리는 날카롭고 단호했다.

나는 숨이 턱 막혔다. 움직이고 싶었지만, 꼼짝도 할 수 없었다. 공포에 사로잡혀 단 한 발짝도 뗄 수 없었다. 살려주세요! 라고 말하고 싶었지만 입술도 꿈쩍하지 않았다.

그때까지도 경찰서는 조용했다. 누구 하나 문을 열고 나오지 않았다. 오히려 아저씨 뒤로 덩치가 어마어마한 조폭 같은 남자가 걸어오고 있었다. 검은 승용차를 몰던 사람이었다.

나는 최악의 시나리오를 떠올렸다. 마약쟁이에게 납치당하는 것. 영화에서 봤던 린치 장면들이 떠올랐다. 깊은 산속이나 강둑에 버려지는 상상까지. 그게 곧 현실이 될 것 같았다. 눈앞이 아찔해지고, 정신이 아득해졌다.

위대한 독고준

준은 얼마 전부터 제 성공을 과시할 타이밍을 찾고 있었다. 그래서 자신의 생일 일주일 전, 제일 먼저 비밀 투자자들에게 문자를 보냈다.

[원금 탈환! 지옥에서 돌아왔습니다! 여름방학 전날, 지옥 탈출 기념 파티에 여러분을 초대합니다.]

그리고 그들이 투자한 원금까지 호기롭게 보냈다. 코인 투자가 망했을 때 그 돈은 분명 엄청난 빚이었는데, 지금은 전부 너끈히 갚을 수 있는 능력이 되었다.

"와, 너 진짜 능력자구나. 참, 여자애들도 데려가도 되냐?"

민석이 물었다.

"여, 여자요? 와, 저는 그 생각을 왜 못 한 거죠? 좋습니다!"

"몇 명까지 괜찮아?"

"많으면 많을수록 좋죠!"

준이 자신만만하게 대답했다.

"그치? 그리고 하나 물어보고 싶었는데 너 지석이랑 친한 사이냐? 애들이 둘이 요즘 붙어 다닌다고 하길래 처음엔 잘못 들은 줄 알았어. 네가 그런 애랑 어울릴 일이 없잖아?"

"아, 친한 건 아니고, 엄마끼리 아는 사이라서 과외를 같이 받고 있어요. 그래서 자주 봐요."

준은 뭐라도 변명해야 할 것 같아 나오는 대로 말했다.

"그럼 그렇지. 그래도 너무 친해지진 마. 그런 애랑 다니면 네가 오해받잖아."

"네?"

준의 반응에 민석은 준의 가슴을 주먹으로 툭 치며 말했다.

"에이, 알면서. 우리까지 급 떨어지잖아. 걔 초대 안 했지?"

"아직 말 안 했어요."

"잘했어. 하지 마."

"아, 그럼요. 친한 사이도 아닌데."

준은 찜찜한 마음이 들었지만 동아리 회원들과 파티를 하는 거라고 말하면 지석도 서운해하지 않을 거라고 생각했다. 사실 지석을 매일같이 만났지만 생일 파티 얘기는 언급조차 하지 않았다.

지석에게 메시지가 왔다.

[드라퍼한테 문자 왔다. 아이스크림 대량 배달 당근 성공!]

준은 오케이를 그리는 이모티콘을 보냈다. 그러고는 한강이 보이는 통창, 눈부신 조명과 화려한 생화로 장식된 파티 룸 한가운데 서서 빙긋거렸다.

'성공한 인생이란 산에 오른다면 아마 지금과 비슷한 풍경을 볼 수 있지 않을까?'

파티는 준의 인생 모델인 유튜버 황금광의 파티를 보며 비슷하게 따라 해보았다. 준은 룸 중앙에 고급스럽게 차려진 음식을 보며 만족했다. 그야말로 있어 보였다. 도우미들을 불러서 음식과 음료가 끊임없이 리필되게 했고, 술도 준비해두었다. 모든 건 인터넷으로 몇 번 클릭만 하면 다 됐다. 돈은 생각보다 힘이 셌다. 금지된 것도 돈만 쥐여주면 허락되었으니까. 돈을 더 벌어야겠다는 욕망이 커졌다.

집에서도 준은 더는 아버지 앞에서 굴욕적인 프레젠테이션

156

을 하지 않아도 되었다. 그럴 필요성이 없어졌기 때문이다. 아버지가 돈으로 휘둘렀던 권력을 이제 준도 충분히 따라 할 수 있었다. 아버지가 지원해주지 않는 유림에게 금전적인 지원을 하고 있고, 그 덕분에 유림은 스스로 다이어트도 해가며 연기자의 꿈에 한 발 더 다가가고 있었다.

파티 룸 안으로 친구들이 들어오고 있었다. 준은 얼마 전 산 명품 블랙 블레이저에 화이트 셔츠를 매치했다. 연예인들이 다닌다는 숍에 가서 머리도 멋지게 매만졌다. 마지막으로 손목에 고가의 시계를 찼다. 아침부터 수없이 자신의 모습을 거울로 비춰봤다. 멋졌다. 이제 준비는 끝났다.

"어서 와!"

준은 아이들을 향해 손을 흔들었다. 시계가 반짝일 수 있게 과하게 움직이며.

예상보다 손님이 많았다. 준 주변에 친구들과 오늘 처음 보는 아이들이 몰려들었다. 모든 것이 자신을 중심으로 돌아가는 것 같았다. 준의 얼굴에 미소가 번졌다. 한 손에는 처음 잡아보는 칵테일 잔을 들고, 다른 손으로는 셔츠의 옷깃을 정리하며 주위를 둘러보았다. 파티 룸은 만석이었다. 준은 룸 여기저기를 돌아다니며 은근히 셔츠 소매를 올려 시계를 보이게 하고, 덥다는 이유로 블레이저를 벗어 상표가 드러나게 소파에 걸쳐두었다.

"너무 예쁘다!"

"여기 완전 포토 존이야!"

친구들과 그들이 데려온 여학생들은 파티 룸을 보고 소리를 지르거나 한강이 보이는 포토 존에서 셀카를 찍느라 정신이 없었다. 고급 케이크와 화려한 뷔페 음식은 모두의 눈길을 사로잡기에 충분했다.

"쮼, 너 오늘 옷 진짜 멋지게 입었다!"

"너 원래 이렇게 키가 컸니? 키 큰 사람은 손도 크다더니 손 진짜 크다. 내 손이랑 재보자. 와, 엄청 커!"

여자아이들은 준에게 잘 보이려 애썼다. 대놓고 스킨십을 하기도 했다.

룸에 설치된 대형 스크린에서는 뮤직비디오와 함께 유행하는 아이돌의 음악이 흘러나왔다. 최신 음악에 맞춰 미러볼과 레이저에서 화려한 불빛이 쏟아졌고, 분위기 있는 노래가 나올 땐 스모그 머신이 작동되어 바닥에 은은하게 안개가 깔렸다. 와인이나 맥주를 마신 친구들은 얼굴이 발그레해져 노래를 따라 불렀다. 신나는 노래가 나오면 춤도 췄다. 바깥은 점점 어두워졌고, 건물 불빛이 물에 비쳐 한강은 은하수처럼 빛나고 있었다. 잔잔한 외부와 달리 실내는 사이키 조명으로 분위기가 최고조가 되었다. 준과 친구들은 웃고 떠들고 춤추고 노래했다.

파티가 정점을 지날 때였다.

"어, 조선지게꾼이다!"

술에 취한 누군가가 소리쳤다. 아이들의 눈이 모두 룸 입구로 쏠렸다. 지석이 두 손에 화려하게 포장한 선물 상자를 들고 뚜벅뚜벅 걸어들어오고 있었다. 룸 한가운데 서 있던 준이 돌아보다 지석과 눈이 마주쳤다. 술을 먹어 준의 볼이 발그스레했다.

"뭐냐? 쟤가 여기 왜 와?"

술에 취한 민석이 아이들 틈을 비집고 나와 지석을 보고 비아냥거렸다. 준의 얼굴에도 당황한 기색이 역력했다.

"생일 축하해."

지석이 준에게 명품 로고가 새겨진 선물 상자를 건네며 차분한 음성으로 말했다. 준은 그저 어정쩡하게 서 있었다. 아이들이 몰려들었다. 주변에서 둘이 무슨 관계냐는 말들이 오갔다. 전혀 어울리지 않는 조합이라고 수군거렸다.

"우와! 대박, 명품이잖아."

그중 한 명이 지석의 선물에 찍힌 명품 로고를 보고 감탄하며 소리쳤다. 준은 머뭇거리다 선물 상자를 건네받았다.

"네가 초대했어?"

민석이 게슴츠레하게 눈을 뜨며 물었다.

"아니요."

준은 잠시 멈칫했다. 지석의 명품 선물, 사람들의 시선, 귓가에 맴도는 수군거림이 뒤엉켜 마음을 어지럽혔다. 고맙다는 한마디가 떠오르기도 했지만, 입 밖으로 나오지 않았다. 이 분위기, 이 시선들 속에 지석은 어울리지 않았다. 준은 말없이 고개를 돌리고 돈독방 애들 쪽으로 천천히 걸어갔다.

"사채업자답네. 등쳐먹은 돈으로 명품 사서 선물질이냐?"

민석은 술잔을 돌리며 지석을 스캔하듯 쳐다봤다.

지석은 민석의 무시하는 듯한 눈빛과 비웃음에 분노가 치밀었지만 마음을 다잡고 냉정하게 표정 관리를 했다.

그때 텔레그램으로 메시지가 왔다. 준이었다.

[여길 왜 온 거야? 쪽팔리게!]

지석은 한동안 화면을 가만히 들여다봤다. 무표정한 얼굴이었다가 천천히 눈매가 가라앉더니, 사나워졌다. 곧 휴대폰을 소파 위에 툭 던지더니 조용히 옆에 둔 쇼핑백에 손을 넣었다. 포장지에 싸인 긴 샴페인 병이 손끝에 닿았다. 차갑고 묵직한 감촉이 손바닥을 타고 전해졌다.

지석의 입꼬리가 아주 살짝 올라갔다.

"진짜 선물은 이제 시작이야."

그는 천천히 병을 꺼냈다.

오늘은, 최악이었다.

사채업자 선배들과의 연락이 뚝 끊겼다. 입금은 멈췄고, 독촉 메시지는 안읽씹당했다. 지석은 불안한 마음에 인스타를 열었다. 그리고, 거기서 지옥을 마주했다.

그들은 지석의 돈으로 놀고 있었다. 풀 빌라, 고기, 술, 여행, 고급차. 릴스로도 하나같이 잘산다는 티를 팍팍 내고 있었다. 지석은 치밀어 오르는 울분을 억누르며 DM을 보냈다.

잠시 뒤, 답장은 단 한 장의 사진으로 돌아왔다. 술집에서 조폭들과 함께 술을 마시는 선배들의 사진. 웃통을 벗은 조폭들의 등에선 용이 승천하고 호랑이가 포효하고 있었다.

[야, 꼬맹아, 네가 뭘 잘 몰라서 그러는데, 미성년자가 대출질 하면 불법이야, 알겠냐? 게다가 고리대로 돈 빌려준 거? 씨발, 그거 걸리면 퇴학감이야, 퇴학감. 자꾸 돈 달라고 징징대면 우리 옆에 계신 조폭 형님들한테 너 좌표 찍힐 수도 있거든? 언더스탠드?]

지석은 폰을 내려다보다 천천히 이를 악물었다. 턱이 덜덜 떨렸다. 숨을 고르려 해도 목구멍이 막혀 숨이 들이켜지지 않았다. 손도 부르르 떨렸다. 몇 번이고 손가락이 휴대폰 화면을 긁었다. 부숴버릴 듯 폰을 움켜쥐었다.

인스타가 자동으로 스토리를 넘겼다. 그 순간, 눈에 익은 얼굴 하나가 스쳤다.

'준? 아니지? 닮은 애겠지?'

사진을 눌렀다.

사진 속 준은 검은 블레이저에 하얀 셔츠, 번쩍이는 시계까지 차고 있었다. 곁엔 여학생들이 바짝 붙어 웃고 있었고, 배경은 통창 너머 한강이 보이는 고급 파티 룸이었다. 조명도, 케이크도, 사람들도 모두가 준을 중심으로 돌고 있었다.

그리고 해시태그.

#생일파티 #준생파 #오늘의주인공 #파티왕

지석은 화면을 내리다 말고 다시 올렸다. 다시 내리다가, 다시 올렸다. 그 반복을 멈추지 못했다.

"생일……?"

턱이 굳고, 눈이 번뜩였다.

"오늘이, 준 생일이라고?"

지석은 단 한 번도 그 사실을 들은 적이 없었다. 매일같이 얼굴을 봤고, 같이 앉아 밥을 먹었고, 밤마다 채팅도 했는데 지석만, 아무것도 몰랐다. 아무 말도 듣지 못했다. 그곳에 지석의 자리는 없었다.

지석의 입꼬리가 씰룩였다. 손에 들린 폰을 삐걱거리도록

쥐었다. 배신이란 단어로는 모자랐다. 준은 지석의 존재 자체를 지워버린 것만 같았다.

"다들 오늘 내 속을 뒤집어놓으려고 작정했구나……."

지석은 소리 없이 중얼거렸다. 눈빛은 텅 비었고, 숨은 짧고 거칠어졌다. 곧이어 폰을 내려놓고 자리에서 천천히 일어났다. 지석의 발걸음이 고시텔로 향했다. 준에게 가장 잘 어울리는 선물은, 오래전부터 그곳에 준비돼 있었다.

지석은 자리에서 일어나 아이들에게 샴페인 병을 높이 들어 보였다.

"존나 비싼 샴페인이다. 마실 사람? 오늘 같은 날엔 이 정도는 마셔줘야지."

말투는 익살스러웠지만, 눈빛은 조용히 누군가를 겨냥하고 있었다. 샴페인이라는 말에 아이들이 몰렸다.

"줄 서. 한 잔씩만 간다."

민석이 제일 먼저 반응했다.

"야, 따라봐. 내가 선배잖아."

"아뇨, 아무리 그래도 오늘의 주인공이 먼저죠."

지석은 웃으며 민석을 지나쳐 파티의 중심에 있던 준에게 다가갔다. 그리고 잔에 샴페인을 가득 부으며 말했다.

"이거 구하기 쉽지 않았어. 친구야, 생일 축하한다."

준은 잠시 머뭇거리다 잔을 받았다.

"마실 테니, 이제 가."

지석은 말없이 고개를 끄덕였다. 생각보다 순한 반응에 준은 어쩐지 미안해져 샴페인을 한 번에 비워냈다.

"오, 원샷!"

아이들이 환호했다. 민석이 다시 지석에게 자신의 잔을 내밀었다. 지석은 찔끔 따라주었다.

"야, 준한테는 잔뜩 주더니 난 왜 코딱지만큼 줘? 더 줘!"

지석은 말없이 잔을 가득 채워주었다. 다른 아이들도 서로 잔을 내밀었다. 샴페인이 퍼지는 속도만큼 아이들의 웃음소리도 높아졌다. 지석은 그 틈에서 소파 구석에 앉아 휴대폰을 들어 조용히 카메라를 켠 다음, 각도를 조절해 파티 장면을 비밀스럽게 촬영했다.

파티는 빠르게 과열됐다. 준은 어느새 아이들 속에 섞여 음악에 몸을 맡기고 있었다. 빛이 깜빡였고, 반짝이는 미러볼이 얼굴 위로 춤을 췄다.

"음표가 보여…… . 귀에 꽂히는 느낌이야."

처음 느껴보는 취기였다. 속이 타오르는 듯 뜨겁고 손끝은 묘하게 가벼웠다. 머리가 맑아지면서 동시에 둔해졌다.

준은 리듬에 맞춰 몸을 흔들었다. 점프했다. 팔을 휘둘렀다. 셔츠가 갑자기 답답하게 느껴졌다. 버튼을 하나, 둘 천천히 풀었다. 아이들이 소리쳤다.

"야, 독고준 술 마시니까 완전히 딴 사람인데?"

"섹시한데? 뭐야, 변태야, 변태!"

준은 웃었다. 자신도 모르게 셔츠 단추를 다 풀어버렸다. 속이 시원하고 열기가 식는 듯했지만, 동시에 어쩐지 스스로를 놓고 있다는 느낌도 들었다. 민석도 샴페인에 취해 펄쩍펄쩍 뛰었다. 술잔이 깨지고 병이 엎어졌다. 순식간에 룸은 난장판이 됐다.

"손님, 술잔 깨졌어요. 위험하니까 멈추세요!"

도우미들이 다급히 다가왔다. 그 순간, 준의 얼굴이 일그러졌다. 취기가 올라 얼굴이 붉어지고 눈도 벌겋게 충혈되어 있었다.

"감히 누구한테 명령질이야!"

준은 도우미들에게 물건을 던졌다. 화장지를 던지고 컵을 던졌다. 도우미들은 놀라 피하다 넘어지고, 바닥에 흩어진 유리 파편에 손과 다리를 베었다. 그 와중에도 누군가는 넘어진 채로 아이들을 보호하려고 팔을 벌렸다.

그때였다. 도우미 중 가장 나이가 많아 보이는 여자가 음악을 껐다. 조명이 번쩍 켜지며 파티 룸이 하얗게 드러났다.

"너 뭐니? 사람 다치게 했으면 사과부터 해야 하는 거 아니야?"

단호한 아주머니의 목소리에 분위기가 얼어붙었다.

준은 아주머니 앞으로 천천히 다가갔다. 뺨은 여전히 달아올라 있었고, 눈동자는 흐릿했다.

"내가? 내가 왜?"

"너 때문에 스태프들이 다쳤으니까 사과하는 게 맞지! 그리고 어린 게 어른한테 왜 반말이야?"

준은 그제야 고개를 끄덕였다. 취기 속에서도 말투를 바꾸며 말했다.

"아, 어른? 몰라 봬서 죄송합니다."

그러고는 고개를 90도로 깊이 숙이며 인사했다. 그 모습만 보면 진심인 듯 보였다.

하지만, 딱 거기까지였다. 곧 준은 친구들 쪽을 돌아보더니 태도가 싹 변했다. 입꼬리를 비틀며 웃었다.

"우리 아버지가 항상 말씀하셨지, 투덜대는 입엔 돈이 최고라고!"

말투, 억양, 입술을 삐딱하게 올린 표정까지. 그 순간의 준은 아버지 그 자체였다.

준은 휘청이며 바지 뒷주머니에서 지갑을 꺼냈다. 그 속에서 지폐를 한 움큼 뽑아 손끝으로 흩뿌렸다. 돈다발은 공중에서 흩날리며 조명 아래 반짝였고, 아이들 사이로 천천히 떨어졌다. 마치 무대의 피날레를 장식하는 종잇조각 같았다. 아이들이 웃음을 터뜨렸다.

"와, 얘 진짜 미쳤다!"

"헐, 갑자기 플렉스 해버리네?"

아이들 몇몇이 바닥에 떨어진 지폐를 힐끔거리며 장난스럽게 손을 뻗었다. 누구는 웃으면서도 슬쩍 휴대폰을 꺼내 들고 화면을 눌렀다.

준은 그 모습을 보고 낄낄 웃었다. 입꼬리를 삐딱하게 올리고 어깨를 한 번 으쓱였다. 마치 '봐, 이게 나야' 하는 듯.

도우미 아주머니는 믿기지 않는다는 듯 아이들을 하나씩 천천히 훑어봤다. 그리고 입술을 꾹 다문 채 아무 말 없이 고개를 돌렸다. 뒷모습에 말로 설명할 수 없는 피로와 체념이 묻어났다. 그 뒤에 서 있던 젊은 스태프가 작게 한숨을 내쉬며 말없이 바닥에 떨어진 돈을 하나씩 주워 담기 시작했다.

아이들 중 누군가가 킥킥거리며 말했다.

"진짜 뭐든 돈이면 끝이네."

준은 그 말에 맞장구치듯 씩 웃었다. 그 웃음 속엔 아버지에게 배운 삶의 방식이 틀리지 않았다는 믿음이 묻어 있었다.

다시 아이들은 무대에 올라가 춤을 추고 술을 마시고 잡담을 했다. 그때 준의 텔레그램 알림이 폭발적으로 들어왔다. 준은 알림음이 들릴 때마다 키득거리며 웃었다.

"이게 돈 빗소리다! 돈이 비처럼 쏟아지는 소리! 이런 파티 백 번도 더 하겠네."

그런데 맞은편에 앉아 있던 지석의 얼굴이 순식간에 굳어졌다. 그 표정을 눈치챈 준은 춤추던 발걸음을 멈추고 휴대폰을 들어 텔레그램방에 접속했다.

화면이 켜지자마자 메시지가 눈앞에 터지듯 펼쳐졌다. 술기운 탓에 글씨가 또렷하게 보이지 않았지만, 겨우겨우 한 줄씩 눈에 들어왔다. 욕설과 비난이 쏟아지고 있었다.

[야, 이 ㅅㅂ놈아, 장난쳐? 이게 뭐냐?]

그 아래 사진 한 장이 올라왔다. 투명 비닐봉지 안에 담긴 곰돌이 젤리와 설탕 가루. 그 위에는 노란색 포스트잇이 붙어 있었다.

'마약은 길이 없는 미로입니다.'

[국정원에서 운영하냐? 진심 도랐네.]

노란색 포스트잇에 표어 같은 말이 적힌 다른 사진도 실시간으로 올라왔다.

'마약, 한 번의 시작, 한 방의 끝장.'

[공익광고냐? 돈이나 내놔.]

지석은 잽싸게 드라퍼 코드를 확인했다. 낯익은 이름을 보자마자 그 자리에서 욕이 터져 나왔다.

"개또라이 새끼! 미친놈아!"

몽롱한 가운데에도 준은 뭔가 잘못되어 가고 있다는 것을 직감적으로 알 수 있었다. 더 이상 노랫소리가 들리지 않았다. 무슨 일이 일어났는지 알아보고 싶었지만 너무 취해서 생각이란 걸 할 수 없었다. 하지만 좀 전까지 돈 쏟아지는 소리처럼 들리던 알림음이, 알람처럼 울리고 있다는 건 느낄 수 있었다. 현기증이 났다. 준은 선 채로 비틀거리다 바닥과 소파 사이 어딘가로 무너져내렸다.

선택_선우

알코올 냄새에 깼다. 병원이었다. 마약 아저씨가 내 앞에 앉아 바나나를 먹고 있었다. 경찰서 앞에서부터 기억이 나지 않는다. 눈을 감았다. 머리를 굴려봤지만 뾰족한 수가 없었다.

"일어났으면 알은체 좀 하지? 너 완전 코 골면서 숙면 취한 거 아냐? 이거 먹을래?"

아저씨가 투덜거리며 바나나 하나를 내밀었다. 나는 고개를 저었다.

"나 무지 바쁜 사람이거든."

그 말에 침대에서 슬그머니 일어나 앉았다.

"너 입원할 필요 없다는데. 너 다쳐서 기절한 거 아니야. 나보고 겁먹고 기절한 것 같아. 안심해, 나 마약쟁이 아니니까."

아저씨는 지갑에서 경찰 신분증을 꺼내 보여줬다. 텔레비전에서 보던 그대로였다.

"아저씨, 진짜 경찰이세요?"

나는 아저씨와 신분증을 번갈아 보며 물었다.

"그래, 텔레그램 마약방에 잠입하고 있었어. 아마 거기엔 다른 경찰도 많았을 거야. 모두 극비리에 잠입해서 우리끼리도 잘 모르거든. 우리나라 경찰은 늘 범인 곁에 있다는 걸 범죄자들만 모르는 것 같아. 범죄와 경찰은 다정한 한 쌍이거든. 우리는 일종의 유비쿼터스야, 유비쿼터스. 뭔지 모르는 표정인데? 이거 옛날 말인가? 언제나, 어디에나 존재한다는 뜻이야, 흐흐흐. 범죄 있는 곳엔 경찰도 있다, 이 말이지."

아저씨는 웃을 땐 동네의 다정한 이웃 같았지만, 문득 눈빛이 바뀌면 형사의 날카로움이 드러났다.

"마약은 어떻게 된 거야?"

"제가 갖고 있어요. 안전한 곳에 숨겨두었어요."

"뭐 하려고?"

"더는 이런 짓을 하고 싶지 않았어요. 약을 숨겨둔 좌표에 다시 가서 모두 바꿔치기하고 왔어요. 죄를 더 짓고 싶지 않아서요. 사람들을 중독시키는 게 너무 마음에 걸렸어요. 그리고 오늘 일 마치고 마약 들고 직접 찾아가려고 했어요, 경찰서에."

나는 지금껏 감춰놓은 마약 좌표들을 아저씨에게 다 보여주며 말했다. 아저씨는 꽤 놀란 표정이었다.

"마약 드라퍼를 그만두겠다고 결심한 계기는 뭐였니?"

나는 잠시 머뭇거렸다. 어디서부터 어떻게 말해야 할지 몰랐다.

"괜찮아, 천천히 말해도 돼. 네 이야기를 듣고 싶어."

아저씨의 눈빛은 따뜻했고, 말투는 부드러웠다. 그 말에 마음이 놓였다. 갑자기 눈시울이 뜨거워졌다. 아저씨는 조용히 내 표정을 지켜보며 기다려주었다.

"힘들었겠네, 그 결심하기까지. 지금까지 있었던 일, 하나도 빼지 말고 자세히 말해봐. 내가 다 들어줄게."

그 말에 가까스로 참았던 울음이 터졌다. 말할 수 없는 비밀을 안고 살아온 시간이 너무도 버거웠기에, 가슴 깊은 곳에서 꺽꺽 울음이 올라왔다. 감정을 가라앉히는 데에도 시간이 필요했다.

나는 천천히 입을 열었다. 도박을 시작하게 된 이유부터 드라퍼 일을 하게 된 과정까지 숨기지 않고 모두 이야기했다. 형사 아저씨는 고개를 끄덕이기도 하고, 때때로 조용히 한숨을 내쉬기도 했다.

마지막으로 드라퍼를 그만두게 된 계기를 말하기 시작했다. 약에 취한 또래 남자아이의 모습은 큰 충격이었다. 눈을 감아도, 꿈속에서도 그 장면이 떠올랐다. 그런데도 나는 일을 그만두지 못했다. 그러다 송이와의 대화가 내 안의 뭔가를 건드렸다. 그리고 진수의 셀카 한 장. 그 사진이 마지막으로 나를 흔들어놓았다.

진수는 햇빛에 얼굴이 검게 그을려 있었다. 팔뚝도 구릿빛으로 변해 있었다. 코는 너무 타서 피부가 벗겨지고 있을 정도였다.

[친구야, 나 잘 지내고 있다! 햇볕이 따갑긴 따갑더라. 나 건설 현장에서 곰방 일이란 걸 하고 있어. 한마디로 그냥 노가다야. 건축자재를 몸으로 운반하는 일. 시멘트 포대나 벽돌 같은 걸 나르는 거지. 이걸 하면 일당을 더 줘서 빚을 빨리 갚을 수 있거든. 한편으로는 내 어리석음에 주는 벌이기도 해. 오늘 일당 받으면 돈을 다 갚게 돼. 나 이제 빚 없다. 내 손으로 떳떳하게 갚았어!]

진수의 카톡을 읽은 나는 멍해졌다.

진수가 고액 알바라고 했을 때, 나는 당연히 드라퍼 같은 일일 거라고 생각했다. 위험하지만 단시간에 목돈을 벌 수 있는 일. 그게 내 머릿속에 있는 '방법'의 전부였다. 그 일이 불법인지 아닌지는 중요하지 않았다. 나는 나 자신에게 모든 걸 허락해버렸다. 궁지에 몰렸다는 이유 하나만으로.

나는 단 한 번도 진수와 같은 생각을 해 본 적이 없다. 선택지에 올려두지도 않았다. 누가 봐도 너무 느리고 답답한 해결책이라고 생각했기 때문이다. 아니, 나처럼 도박을 해본 아이들은 최저 시급을 주는 알바나 온종일 고된 일을 하는 돈벌이에는 처음부터 관심도 가지지 않는다. 십 분 사이에도 몇십만 원을 따보았던 경험 때문에, 그런 일을 하는 건 바보 같은 짓이라고 생각한다. 나는 내가 한 선택을 진수에게 털어놓기 힘들었다. 부끄러워졌다.

[힘들지 않았어?]

[당연히 힘들었지. 첫날은 중간에 도망치고 싶었어. 포대는 너무 무겁고, 햇볕은 너무 따가워서 진짜 죽겠더라. 그럴 때마다 축구를 생각하며 참았어.]

[축구?]

[응, 축구. 예전에 한국과 콜롬비아 국가대표 친선전을 봤거든. 손흥민이랑 김민재 선수가 상대 골문 앞에서 골을 못 넣고, 오히려 상대 수비수에게 볼이 가는 바람에 우리가 역습을 당할 위기에 처했어. 후반 사십일 분이었는데, 너도 해봤지만 그때가 되면 진짜 숨이 목까지 차잖아. 뛰기는커녕 걷기도 힘들 때니까. 근데 그 힘든 순간에도 손

흥민 선수랑 김민재 선수는 상대 팀 역습을 막으려고 최선을 다해 뛰더라. 얼마나 열심히 뛰는지 100미터 달리기 하는 사람처럼 보였어. 그 모습을 보면서 눈물이 났어.]

[눈물까지?]

[정식 대표팀 경기도 아니고 그냥 친선전인데도, 프리미어리그전에서 뛰는 사람처럼 온 힘을 다해 뛰고 있더라고. 그걸 보면서 어떤 자리든 책임감을 갖고 최선을 다하는 게 얼마나 멋진 일인지 느꼈어. 그래서 포기하고 싶을 때마다 그 경기 영상을 봤어. 선수들이 이를 꽉 깨물고 공을 막으러 달려가는 모습을 보면 나도 그렇게 살고 싶다는 생각이 들었거든.]

나는 진수를 늘 착하지만 공부 못 하는, 나보다 한참 뒤처진 친구라고 생각했다. 하지만 이제는 햇볕에 그을린 얼굴과 벗겨진 코끝으로 웃고 있는 진수가 너무 멋져서 부러웠다. 정직하게 살아낸 삶이 이토록 멋있다는 걸 처음 깨달았다.

그제야 알았다, 내가 얼마나 비겁하게 살아왔는지. 진수처럼 정직한 방법은 느리고 답답해 보이지만, 그 안에는 삶을 바로 세우는 힘이 있다. 그리고 진짜 강한 사람은 쉽고 빠른 길을 거부할 수 있는 사람이다. 진수는 그런 사람이고, 나는 아니었

다. 난 송이처럼 현실을 객관적으로 보지도 받아들이지도 못
했고, 진수처럼 내 인생을 스스로 책임지는 선택도 하지 못했
다. 도박으로 몇 분 만에 큰돈을 따보며 현실감은 무너졌고, 하
루 종일 일해서 돈을 버는 건 바보 같은 짓처럼 여겼다.

　하지만 지금은 알겠다. 사람들 대부분이 왜 그렇게 묵묵히,
한 걸음씩 살아가는지.

　[선우야, 축구는 진짜 아름다운 스포츠지 않냐?]

　진수의 마지막 카톡이었다. 나는 핸드폰 화면을 한참 바라
보다가 조용히 고개를 끄덕였다. 그리고 다짐했다. 이제는 나
도, 내 인생의 필드를 제대로 뛰어보겠다고.

　내가 말을 끝내자 형사 아저씨가 내 등을 토닥였다.
　"멋진 친구네. 진수랑 송이 같은 친구를 평생 네 곁에 둬라.
그런 친구들은 드물거든. 자, 이제 경찰서로 가자."
　경찰서에 가자는 말에 겁이 덜컥 났다. 예정된 수순이라는
건 알고 있었지만, 막상 현실이 되자 온몸이 굳어버렸다. 평범
했던 내 인생이 영화처럼 비현실적으로 흘러가는 것 같았다.
　"부모님은 경찰서로 바로 온다고 연락 왔어."
　눈을 감았다. 경찰의 심문보다 더 두려운 건 부모님과 마주

하는 일이었다. 내가 지금까지 어떤 짓을 했는지, 어떻게 살아
왔는지, 그 모든 걸 두 눈으로 보게 될 그들 앞에 서야 한다는
사실이, 너무 무서웠다.

부메랑_준

아이스크림방에는 계속 각종 인증이 올라왔다. 마지막 인증이 가장 강렬했다.

[좌표에 갔더니 사복경찰이 기다리고 있었음.]

악플 속엔 '이 방 경찰이 만든 거 아니야?' '함정수사네' 같은 조롱과 분노가 뒤섞여 있었다.

준과 지석은 마약 관련 방을 모조리 폭파했다. 드라퍼들과의 대화방도 마찬가지였다. 증거인멸이 중요했다.

준은 벌써부터 가슴이 답답했다. 이런 시나리오는 상상도 해본 적 없었다. 이제 막 성공의 문을 열었다고 믿었는데, 그

문이 갑자기 눈앞에서 닫혀버린 것만 같았다. 어젯밤 처음 마신 술 때문인지 아니면 갑작스러운 불안 때문인지, 아침이 되어도 정신이 맑아지지 않았다. 구토가 치밀었다.

정신을 가다듬고 빠르게 손익을 따졌다. 벌어놓은 돈? 거의 없었다. 마르지 않는 샘처럼 영원히 솟아오를 거라 믿었기에 유흥과 명품에 다 써버렸다. 아이스크림방을 날릴 수밖에 없었던 현실이 야속했다. 하지만 준은 애써 단순하게 생각하려 했다. 마약방은 조용해지면 다시 만들면 되는 거니까. 그렇게 자신을 달래며 학교로 향했다.

햇볕이 아침부터 뜨겁게 내리쬐었다. 준은 주변을 두리번거리며 걷는 자신을 발견하고는 깜짝 놀랐다. 혹시 누가 쳐다보는 건 아닐까, 들켰을까를 생각하느라 교실 문을 열 때도 괜히 주춤하게 됐다.

"야, 어제 끝내줬다며? 다음 생일 파티엔 나도 초대해줘라."

교실에 들어서자 평소 잘 알지도 못하던 애들이 준의 자리로 몰려들었다. 어제의 파티 덕분에 준은 일약 스타가 되어 있었다. 그제야 준의 가슴을 짓누르던 불안이 조금 풀렸다.

'다행이다. 아무도 모른다. 아무 일도 일어나지 않았다.'

아이들은 어제의 샴페인 맛이, 조명이 어땠는지 얘기하며 신이 나 있었다. 준은 조금씩 안도했다. 문제는 생기지 않았고, 자신은 여전히 정점에 있다고 스스로를 설득했다.

점심시간. 친구들에게 둘러싸여 급식을 먹고 따뜻한 콩나물국을 한 숟갈 떠넣자, 깨질 듯 아팠던 머리가 조금 나아졌다.

'걱정할 필요 없었어. 방도 폭파했는데 그걸 누가 알겠어. 괜히 쫄았네.'

그 순간, 사이렌을 울리며 운동장으로 구급차가 들어왔다. 들것에 학생이 실려 갔다. 준과 함께 밥을 먹던 아이들은 모두 창문에 붙어 구급차가 학교를 빠져나갈 때까지 봤다.

교실에 들어서자 아이들이 물고 온 정보들을 하나씩 들려주었다.

"2학년 민석 선배가 미친놈처럼 굴었대."

"복도를 뛰다가 갑자기 창문 열고 뛰어내렸대, 2층에서."

"어제 술 많이 마셨다던데?"

"그 술 아직 안 깬 거 아니야?"

"2층이라 다행이지."

민석의 이름이 오가자 준의 머릿속에 번개가 번쩍 쳤다. 민석은 어제 파티에 있었다. 샴페인을 마셨다. 준 자신도 술에 취했다고만 생각했던 어젯밤, 다들 너무 흥분했고, 지나치게 들떠 있었다. 그건 어쩌면 술만의 작용이 아닐 수도 있었다.

'조선지게꾼, 이 새끼가!'

준은 태연하게 장부를 보고 있는 지석을 노려만 보았다. 지금 당장 교실에서 끌어내 따지고 싶었지만 아이들의 눈이 있어 참았다. 대신 메시지를 보냈다.

[학교 끝나고 바로 고시텔로 와.]

수업이 제대로 들리지 않았다. 마음은 계속 불안에 휘청거렸다.

'민석의 몸에서 마약 성분이 검출된다면? 경찰이 단서를 쥔다면?'

준은 머리를 감싸 안았다.

'끝이다.'

수업이 끝나자마자 고시텔로 향했지만 지석은 오지 않았다. 전화도 받지 않았고, 메시지도 읽지 않았다. 시간이 한참 흐른 뒤에야 문이 열렸다.

"너, 어제 샴페인에 무슨 짓 한 거야?"

준은 대답도 기다리지 않고 달려들었다. 지석의 멱살을 움켜쥐고 거칠게 벽으로 밀쳤다. 몸이 벽에 부딪히며 쿵 소리가 났다.

"씨발, 놓고 얘기해!"

지석이 소리를 질렀지만 준은 물러서지 않았다.

"뭘 탄 거냐고!"

"약 조금 탔어. 그냥 분위기 띄우려고 한 거라고! 민석이 그 새끼는 술을 너무 처먹어서 그런 거야. 약 때문만은 아니라고! 그 정도 양은 소변에서도 안 나와. 나도 알아봤어. 진짜 문제없다고!"

"그걸 네가 어떻게 확신해? 왜 내 파티에서 그런 짓을 했냐고!"

준의 목소리가 갈라졌다. 끝없는 낭떠러지 앞에 서 있는 기분이었다. 그곳에 자신을 밀어 넣은 게 바로 지석이라는 사실이 머릿속을 뒤덮었다.

"우리 사업 좆됐잖아. 다른 길이 필요하잖아. 그 애들이 우리 소비자가 된다면 마케팅 잘한 거지, 나쁜 게 아니야. 난 지금 병신 같은 선배한테 내 대출 사업도 다 뺏겼다고. 우리 이제 손가락만 빨게 생겼다고!"

"아무리 그래도 익명성 깨질 일을 왜 해! 우리도 금방 들킬 거라고!"

"씨발, 쫄았냐? 하긴 모범생들이 간이 원래 콩알만 하지."

지석이 비웃으며 입꼬리를 비틀었다. 그 순간, 준의 인내심이 끊어졌다.

"무식한 새끼, 민석 선배한테 뭐라도 나오면 우린 끝이야! 끝이라고! 공부 못하는 새끼들은 원래 다 이러냐? 한 치 앞도 못 보지!"

그 말과 동시에 준은 지석을 밀쳐 바닥에 넘어뜨렸다. 순식간에 올라타 지석의 가슴팍을 누르며 주먹을 내리쳤다. 한 대, 두 대. 지석의 고개가 왼쪽으로, 오른쪽으로 돌아갔다. 입에서 신음이 튀어나왔다.

"넌 나한테까지 약을 먹였어. 날 망치려고 작정한 거냐? 이 미친 새끼야!"

준의 주먹이 떨렸다. 말보다 감정이 앞섰다.

"죽이고 싶었으니까!"

지석이 이를 악물고 준을 밀쳐냈다. 비틀거리며 일어난 지석은 손등으로 피 묻은 입술을 닦았다.

"머리 좋은 새끼들은 생일 파티에 찐친도 초대 안 하냐? 씨발, 나보고 쪽팔린다고 나가라고 할 수 있냐? 네까짓 게 뭔데!"

지석의 눈에 핏발이 섰다.

"알고 보면 진짜 부끄러운 친구는 너지. 더 나쁜 걸 하게 만든 게 너잖아. 네가 날 끌어들인 거잖아! 날 사채업자에서 마약 판매상으로 만든 건 내가 아니라 너야! 그게 팩트라고. 그럼 내가 널 더 부끄러워해야지, 왜 네가 날 부끄러워하냐고! 이 개새끼야!"

지석의 입술이 부들부들 떨렸다. 믿었던 친구에게 짓밟히고 무시당한 감정이 폭발했다. 서러움과 분노가 얽혀 목소리가 갈라졌다.

"공부 잘한다고 나보다 우위에 있다고 생각하지 마, 도덕적으로도 넌 나보다 나을 게 좆도 없어. 잘난 척, 멋진 척 가오 잡지 마! 너나 나나 똑같은 마약상이니까."

준은 아무 말도 할 수 없었다. 지석의 말이 얼음송곳처럼 가슴을 찔렀다. 그 자리를 중심으로 서서히 균열이 퍼져나갔다.

어두운 밤이었다. 준은 고개를 숙인 채 무거운 발걸음으로 집을 향해 걸었다. 지석의 말엔 틀린 구석이 없었다. 준은 자신이 마약 판매상이라는 걸 처음으로 또렷이 인정했다. 아무리 돈을 많이 벌어도 어디 가서 자랑은커녕 숨겨야만 하는 더러운 직업이란 걸.

현관문을 열었다. 집 안이 썰렁했다. 열한 시가 다 되어가는데 불이 꺼져 있었고, 엄마도, 아빠도, 유림도 없었다. 엄마에게 전화했다.

"엄마, 집에 왜 아무도 없어?"

"지금 아빠랑 응급실 왔어."

"아빠가 다쳤어요?"

"아니, 유림이가 이상해. 밤에 갑자기 아무도 없는 방에서 허공에 대고 말을 하고 있는 거야. 눈은 멍하고, 말을 걸어도 정상적으로 대화가 안 됐어. 서랍을 열어봤더니 라벨도 설명서도 없는 약이 한가득이었어. 비닐 팩에 들어 있었고. 유림이는 그게 다이어트 약이라고만 했어. 정식 약품처럼 안 보여서 급히 병원 왔어."

"다이어트 약이요? 그게 어딨다고요?"

"유림이 방 오른쪽 첫 번째 서랍. 약 모양이 좀 이상해. 유림이는 그걸 '나비처럼 가벼워지는 약'이라고 했어. 그 약이 뭔지 인터넷에 좀 찾아봐줄래? 여긴 지금 대기 인원이 많아서 바로 진료가 어렵대."

준은 전화를 끊기도 전에 유림의 방문을 급하게 열었다. 그리고 낯선 풍경에 잠시 멈칫했다. 벽에는 오디션 공고가 빽빽하게 붙어 있었고, 거울 앞엔 발음 연습 노트가 펼쳐져 있었다. 책상 위엔 낡은 대본과 형광펜이 어지럽게 놓여 있었고, 창가에는 녹음용 마이크와 휴대용 삼각대가 세워져 있었다. 유림이 이렇게까지 열심인 줄 몰랐다. 연기를 이토록 원하는 줄도 몰랐다.

준은 서랍 앞으로 다가갔다. 손을 뻗는 데까지 시간이 조금 걸렸다. 조심스럽게 손잡이를 당겼다. 바스락거리는, 비닐이 스치는 소리가 났다. 안에는 낯익은 비닐 팩이 가득했다. 하나를 꺼내 들었다. 투명한 포장 속 나비 모양 알약. 그리고 겉면에 적힌 익숙한 문구, 다이어트용.

몸이 굳었다. 숨이 막혔다. 눈이 흔들리고, 손이 떨렸다. 입이 저절로 벌어졌지만 아무 말도 나오지 않았다. 머릿속이 하애졌다. 자신이 팔았던 약이다. 지석과 함께 가볍게 살 빠진다고 속이며 텔레그램에서 유통했던, 그 마약.

준은 비닐 팩을 쥔 채 그대로 무너졌다. 바닥에 주저앉아 멍하니 서랍 안을 바라봤다. 빈 약봉지가 서랍 곳곳에 흩어져 있었다.

"이, 이걸 대체 얼마나 먹은 거야……?"

떨리는 목소리로 중얼거리며 준은 급하게 인터넷을 켰다. 검색창에 복용 부작용을 입력했다.

어지럼증, 식욕부진, 금단증상 초래, 환각을 보거나 환청이 들릴 수 있음, 정신병 유발.

눈앞의 글자가 흔들렸다. 손에서 봉지가 미끄러졌다.

준은 정신이 나갈 것만 같았다. 엄마의 전화를 기다릴 수만은 없었다. 몸이 먼저 반응했다. 그대로 밖으로 뛰쳐나왔다. 숨이 차올라도 멈추지 않았다. 눈으로 유림의 상태를 확인해야 했다. 그게 아니면, 미쳐버릴 것 같았다.

'제발, 아무 일도 없어야 해. 제발……, 제발!'

달리는 내내 속으로 그 말만 되뇌었다.

병원에 도착한 준은 엄마에게 전화를 걸었다. 전화를 받자마자 엄마의 목소리가 울먹였다.

"어떻게 하니, 어떻게 해. 유림이가 발작이 너무 심하대."

준은 곧장 응급실 안으로 뛰어들었다. 유림은 한쪽 침상 위에 누워 있었다. 입술은 창백했고, 온몸이 축축하게 젖어 있었다. 눈은 감겨져 있었지만 눈꺼풀이 간헐적으로 떨렸다. 그 작은 몸이, 낯설게 보였다.

"혈압 160에 110, 심박수 145!"

"고열 있어요, 39.7도!"

의료진의 목소리가 날카롭게 이어졌다.

"벤조디아제핀 5밀리그램 투여합니다."

간호사가 주사제를 준비했다. 곧바로 유림의 팔에 주삿바늘이 들어갔다. 의사가 유림에게 산소마스크를 씌우고 심전도 모니터를 연결했다. 모니터에서 초록색 선이 불규칙하게 꿈틀댔다. 삐삐 소리가 거칠게 튀었다.

의사의 지시 사항은 계속되었다. 아이스 팩이 유림의 몸에 올려졌고 탈수가 심해 수액도 넣었다. 덕분에 조금씩 발작의 진폭이 줄어들기 시작했다. 하지만 여전히 숨은 가빴고, 이마엔 식은땀이 맺혀 있었다.

잠시 뒤, 유림은 모니터링이 가능한 중환자실로 옮겨졌다. 아버지는 거실용 슬리퍼를 신은 채 입원 수속을 하고 있었고, 엄마는 잠옷 차림으로 유림의 머리맡에 앉아 있었다. 준은 그 모습을 한참 동안 바라보다가 그대로 그 자리에 주저앉아 손으로 얼굴을 덮었다. 준 주변의 모든 것이 무너지고 있었다.

빠르게, 조용하게, 돌이킬 수 없게.

아이스크림이 녹는 시간_준과 지석

"더는 사람들을 고통에 몰아넣고 싶지 않았어요. 돈에 눈이 멀어서, 제가 하는 일이 그렇게 위험한 건지 몰랐어요. 근데 점점 제가 하는 일로 누군가는 진짜로 망가질 수 있다는 걸 알게 됐어요. 그래서 마지막엔 마약 대신 설탕이랑 밀가루, 젤리를 넣었어요. 그렇다고 이게 없던 일이 되는 건 아니란 거 잘 알아요. 제가 잘못한 거 다 말하고, 벌도 전부 받을 생각이에요. 정말 죄송합니다."

TV 뉴스에 목소리가 변조되고 얼굴에 모자이크 처리가 된 전직 드라퍼 고등학생이 자신의 과오를 반성하며 인터뷰한 짧은 영상이 떴다. 기자는 현재 드라퍼와 구매자는 잡았지만 상선은 아직 잡지 못해, 경찰이 상선을 잡는 데 총력을 다할 것이라는 멘트로 마무리했다.

준은 엄마와 함께 아홉 시 뉴스를 보다 심장마비가 올 뻔했다. 영상 속 드라퍼는 자신이 고용한 아이였다. 아이스크림방을 박살 낸 장본인. 준에게는 그야말로 원수 같은 놈이었다.

"자기가 한 잘못을 시인하는 게 쉽지 않은 일인데 참 대단하네. 저 애는 나중에라도 잘 될 거야, 저런 용기만 있으면."

그러다 엄마는 한숨을 쉬었다.

"진짜 문제는 쟤 뒤에 숨어서 시키는 인간들이 있다는 거지. 상선이 더 나쁜 거야. 피해자만 남기고, 정작 그런 인간들은 멀쩡하게 살잖아. 유림이도 그런 놈들한테 당한 거잖아. 안 그러니?"

그 말에 준은 아무 대꾸도 할 수 없었다. 유림은 깨어났지만 여전히 낯선 사람을 보듯 준을 경계했다. 다정하게 말을 건네도 눈을 피했다. 때때로 이유 없이 고함을 지르기도 했다. 머리를 쓰다듬어주면 더 움츠러들었다.

엄마가 저렇게 말하는 건 당연한 일이었다. 그럼에도 준은 묘하게 불편했다. 드라퍼를 향해 이를 갈았던 자신과 달리, 엄마는 그 아이를 칭찬했다. 그때, 준은 자신이 바로 그 '잡아야 할 상선'이라는 걸 처음으로 실감했다.

'마약범은 사형시켜야 한다'는 댓글을 본 순간, 오금이 저렸다. 세상이 자신을 죽어 마땅한 존재, 사회악으로 보고 있다는 사실이 숨통을 조였다. 마약을 팔 때는 보이지 않던 것들이 이제야 보이기 시작했다. 현실이 하나씩 발밑에서 꺼져가는 느낌이었다.

'대학은 갈 수 있을까?'

평범하고 당연하게만 생각했던 것들이 위태로워졌다는 걸 깨달았다. 방학이었지만 밤이면 불안감이 찾아왔다. 잠도 오지 않았다. 형사와 경찰이 학교에 드나들고 있다는 소문이 돌기 시작했다. 단톡방에 경찰차 사진이 올라왔다. 그걸 보기만 해도 준은 심장이 쪼그라들었다.

'민석 선배의 몸에서 뭐라도 나온 걸까? 냄새를 맡고 우리를 추적하고 있는 걸까?'

확신할 수는 없었지만, 불안감은 매일같이 커졌다.

그날 이후 준은 바깥에 나갈 때마다 주변을 두리번거렸다. 학원을 다녀오는 발걸음도 잰걸음이었다. 길에서 경찰을 보면 눈을 피했다. 잡힐까 봐, 들킬까 봐, 누구보다 먼저 자신이 의심받을까 봐.

"쫄보 새끼. 문제될 게 뭐가 있다고 그래. 우리가 증거 남겼냐? 걸릴 리가 없잖아. 그렇게 겁나면 자수해. 그게 낫지."

"그럴 가능성이 있다는 걸 알아야 대책을 세우지."

"대책이 어딨어! 걸리면 끝인데. 네가 시작한 일이야. 위험하지 않을 거라고 생각했냐? 원래 시작할 때부터 이건 그냥 엄청 위험한 일이었다고. 잘 들어, 너한테 경찰이 찾아오면 무조건 모른다고 해. 민석이는 술을 많이 먹었다고 하고."

"생일 파티 비용이 어디서 나왔냐고 물으면?"

머리를 감싼 준이 오돌오돌 떨면서 물었다.

"그러게 누가 그렇게 돈지랄하래? 샴페인을 너무 일찍 터뜨렸잖아."

이 모든 건 처음부터 예고된 일이었다. 언제, 어떻게 터질지 몰랐을 뿐이다. 준은 자신만은 아닐 거라 믿었다. 잡히는 건 남의 일인 줄 알았다. 달콤한 아이스크림 같은 시간에 취해, 현실이 녹아내리는 줄도 몰랐다. 목표한 돈만 벌면 도망칠 생각이었다. 그런데 돈이 쌓일수록 욕심은 더 커졌다. 그래서 지금 이 파국에 이른 것이다.

요즘 준은 한자리에 오래 앉아 있지 못했다. 불안감이 몸속을 휘감았고, 어느 순간부터는 다시 약을 하고 싶다는 갈망이 들끓기 시작했다.

"다시 시작할 거야."

지석이 노트북 화면을 보며 말했다.

"뭘?"

"대박 사업. 이번엔 내가 판 깔 거야. 미국 사이트에서 직구했거든. 곧 도착해. 네 이름으로 주문했어. 선물이야."

"무슨 소리야, 지금?"

"그냥 날 믿어, 우린 다시 시작할 거니까."

준은 더 묻고 싶었지만 입이 떨어지지 않았다. 무엇에도 집중이 되지 않았다. 몸 안 어딘가에서 생일 파티 때의 열기와 흥분을 다시 느끼고 싶다는 소리가 들려왔다. 참아야 한다는 걸알았지만, 참아지지 않았다.

고시텔 서랍엔 아직도 약이 있었다.

"너 그때 샴페인에 뭐 탔어?"

결국 준이 참지 못하고 물었다.

"탕후루."

지석이 대답하자마자 준의 주먹이 날아갔다. 지석의 얼굴이돌아가고, 순간 정적이 흘렀다.

"미친놈아, 그게 무슨 마약인지 알기나 해? 중독성 강한 거잖아. 너 얼마나 탄 거야? 넌 용량도 잘 모르잖아, 이 양아치 새끼! 네가 어떻게 그럴 수 있어!"

"그러니까 나한테 잘했어야지!"

지석이 손으로 피를 닦으며 말했다. 목소리는 낮았고, 웃음은 서늘했다.

"배신자의 말로는 비참한 거야. 이제부턴 내가 헤드야. 내 말만 따라. 아니면 너 마약에 취해 비틀거리던 영상, 너희 엄마한테 보내줄 거야. 너네 반 애들한테도. 그러니까 얌전히 굴어."

조폭 유튜버 흉내 같았지만, 지석은 진심이었다.

준은 다리가 풀려 그대로 주저앉았다. 숨이 잘 쉬어지지 않았다. 그 순간, 자신의 인생이 지석에게 넘어갔다는 걸 알았다.

그날 밤, 준은 고시텔 서랍을 열었다. 알약을 손에 올려놓고 한참을 바라봤다. 입안에 넣는 순간, 혀끝이 따끔했다. 몇 초 뒤, 쭈그러들었던 마음이 다리미처럼 쫙 펴졌다. 불안이 사라졌다. 자신감이 밀려왔다.

그다음 날에도, 또 그다음 날에도 준은 약을 찾았다. 하지만 처음 그 기분은 돌아오지 않았다. 그래서 복용량을 늘렸다. 더 강한 자극을 원했다. 그러자 어느 순간 보이지 않던 것이 보이고, 들리지 않던 것이 들리기 시작했다. 몸은 약 없이는 견딜 수 없게 되었다.

지석은 그런 준을 보고 놀랐다. 약을 서랍 깊숙이 숨겼다. 지석에게 약은 곧 돈이었다. 준이 돈을 야금야금 갉아먹는 걸 지켜볼 수만은 없었다. 그리고 준이 이토록 빨리 중독에 빠질 줄은 몰랐다. 자신이 샴페인에 넣은 약의 양이 생각보다 훨씬 많았다는 걸, 지석은 너무 늦게 깨달았다.

불청객이 찾아오다_준과 지석

개학하자마자 지석이 교무실로 불러갔다. 그리고 다시 돌아오지 않았다.

'경찰의 수사 대상이 된 걸까?'

준은 입술이 바싹바싹 말랐다.

지석은 오후 늦게 텔레그램으로 고시텔로 온다는 연락을 했다. 불길했다. 지석이 이 일에 대해 불면 자신도 불려가는 건 시간문제였다. 불안해져서 다시 약을 찾았다. 이제 괴로우면 무조건 약을 찾아 현실에서 도망쳤다. 지석이 숨겨놓았지만 그래 봤자 고시텔의 원룸은 빤했다. 나중에 투약할 약 이틀분을 넣어둘 곳을 찾다 냉장고에 있던 음료수병에 주사기를 이용해 집어넣었다. 뚜껑을 따지 않고도 감쪽같았다. 지석한테도 걸리지 않고 갖고 나갈 수 있게 되었다.

그때, 고시텔 문이 쾅 하고 열렸다. 지석이 들어오자마자 근처에 있던 물건을 발로 걷어찼다.

"씨바, 돌아버리겠어! 그 새끼들이 나를 협박하고 있어! 유흥비로 내 돈 다 쓰고선 더 안 주면 학교에 투서 넣겠다고 며칠 전부터 개지랄을 떨더니, 오늘 결국 넣었대! 이 학교에 사채 하는 놈 있다고!"

지석의 눈이 벌겋게 충혈되어 있었다. 얼굴은 분노로 붉어졌고, 손등에 핏줄이 솟구쳤다.

"내일 경찰이 온단다. 교장, 학생부장, 경찰 다 모여서 회의한대. 나 퇴학이래. 그리고, 엄마한테도 연락 간대."

지석이 마지막 말을 내뱉으며 입술을 깨물었다. 그러고는 다시 폭발했다.

"씨바, 왜 엄마한테까지 말하는데? 왜 우리 가족까지 개망신을 줘야 해? 진짜 다 죽여버릴 거야. 그 새끼들 머리통 다 박살 내고, 배를 쑤셔버릴 거야!"

지석은 고시텔을 마구 헤집었다. 책상이 엎어지고, 선풍기가 쓰러지고, 벽이 걷어차였다. 비쩍 마른 몸으로 날뛰는 모습은 차라리 처절했다.

지석이 난리를 치는 동안, 준은 입술을 깨물었다. 온몸이 떨리고 식은땀이 흘렀다. 가슴속에서 뭔가가 자꾸만 부풀어 올랐다. 두려움이었다.

'이젠 나도 곧 불려가겠지. 경찰서, 퇴학, 아버지……, 다 한꺼번에 밀려오겠지.'

생각만으로도 손끝이 저렸다. 몸이 굳고 입안이 바짝 말랐다. 고개를 홱 돌렸다. 약. 지금 당장 약이 필요했다.

준은 지석 몰래 숨겨둔 음료수병을 떠올렸다. 안에 넣은 약물은 어제의 두 배. 오늘만큼은 현실이 너무 잔인했다. 약 없이 견딜 자신이 없었다. 아니, 이미 준은 약 없이 사는 법을 잊어버렸다. 괴로우면 약. 불안하면 약. 현실이 덮쳐오면 약. 약이 준에게는 유일하게 숨 쉴 공간이었다.

그 순간, 냉장고 문이 벌컥 열렸다.

준의 몸이 굳었다.

지석이 음료수병을 들었다. 그러고는 묻지도 않고 병뚜껑을 따 벌컥벌컥 마셨다. 그것도 두 개나. 준의 눈이 휘둥그레졌다. 땀방울이 등줄기를 타고 흘러내렸다.

'미친놈아, 그건 내 거라고. 마시면 안 되는데!'

벌떡 일어나려 했지만 이미 늦었다. 몸이 말을 듣지 않았다. 심장은 미친 듯이 뛰고, 현실은 급속히 느려졌다. 재난 버튼을 누른 기분이었다. 지금, 무언가 되돌릴 수 없는 일이 벌어지고 있었다.

지석은 점점 흥분했다. 욕을 래퍼처럼 뱉어냈다. 저주를 퍼부었다. 빼빼 마른 몸으로 그 새끼들을 죽이겠다고 방방 뛰었다. 과도를 찾아 허공에 휘둘렀다. 그 새끼들의 배를 다 뚫어놓겠다고 큰소리쳤다.

준은 갑자기 웃음이 나왔다. 낄낄거렸다. 칼집도 빼지 않은 과도로 배를 쑤시겠다고 설치는 모습이 코미디 같았다. 하지만 잠시 후, 허수아비 같은 지석이 쌍용과 비호를 잡으러 가겠다며 나갔다. 고시텔이 떠나갈 듯이 소리를 지르면서.

'누가 보면 전쟁터로 떠나는 용사인 줄 알겠다.'

준은 지석을 말릴 수 없었다. 도파민이 파도처럼 달려들어 준을 내리쳤다. 한 번, 두 번, 세 번 후려갈겨 대는데 견뎌낼 자신이 없었다. 너무나 과도한 도파민이었다.

잠에서 깼다고 생각했다. 일어나보니 고시텔이 엉망이었다. 의자가 망가져 있었고 제자리에 놓인 물건이 없었다. 무슨 일이 있었던 것이 분명했지만 아무것도 생각나지 않았다. 지석은 사라지고 없었다. 밖은 이미 어두웠다. 준은 어두운 창밖을 봤다. 자신의 모습이 창문에 비쳤다. 초점을 잃은 퀭한 눈, 발가벗은 몸. 자신의 모습이 낯설었다. 주섬주섬 옷을 입었다. 문을 열고 밖으로 나갔다.

마약은 아이스크림 같은 것이었다. 약의 달콤함은 오래 가지 않았다. 약으로 만든 행복은 금세 녹아내렸다. 냉장고에 넣어둘 수도, 냉동고에 얼려둘 수도 없었다. 가상의 것이라 깨어나면 더 고통스러웠다. 참담한 현실을 보는 것이 너무 힘들었다. 또다시 숨고 싶었다.

'오늘은 또 어떤 마약 속으로 숨어 들어갈까?'

학교에서 지석이 보이지 않았다. 학교로 형사가 찾아와 지석을 찾았다고 한다. 범죄 관련 문제라고만 소문이 났다. 구체적인 얘기는 없었다. 그와 별도로 학교는 지석의 징계 절차를 밟고 있다고 했다. 하지만 지석은 어디에도 보이지 않았다. 지석의 부모님이 다녀갔다는 소문도 났다. 지석의 부모님도 지석의 거처를 알지 못했다. 실종이었다.

이제 그들은 곧 준을 찾아올 것이다. 충분히 예상 가능한 시나리오였다. 준은 학교가 끝나자마자 고시텔로 달려가 얼마 남지 않은 약을 하고 바닥에 누웠다. 제발 어제 꾼 꿈을 다시 꾸지 않기를 바랐다. 이제는 환각 속에서 악마가 나타나 괴롭혔다. 약을 하지 않으면 신경이 끊어질 것 같은 고통이 따랐다. 그 고통을 끊으려면 약을 해야 했다. 끝나지 않는 뫼비우스의 띠 같았다.

약 기운이 곧바로 목을 타고 내려가 가슴을 뚫고 올라왔다. 잠시였다. 몸이 붕 뜨는 것 같았고, 어딘가 가벼워졌다는 착각이 들었다. 현실은 뿌옇게 흐려지고 빛은 지나치게 반짝였다. 모서리는 날카롭게 일그러졌고 방 안은 천천히, 아주 천천히 흔들리는 듯했다.

눈을 감았는데도 눈꺼풀 뒤로 희미한 불빛이 흘러들었다. 마치 누군가가 가까이서 플래시를 비추는 것처럼 안쪽이 번쩍였다. 희미하게 소리가 들렸다. 어디선가 쇳소리가 길게, 천천히, 끌리듯 들려왔다. 준은 움찔하며 눈을 떴다.

"아니야, 아직 아니야."

그러나 소리는 점점 가까워졌다. 땅을 긁는 금속성 소리.

온다.

그가 온다.

악마 같은 새끼가 도끼를 질질 끌며 나타난다. 바닥을 긁는 쇳소리가 난다. 바닥을 긁는 쇳소리가 들린다.

끼이이이이이이이익—.

또 들린다.

끼이이이이이이이이익—.

준은 귀를 막았다. 하지만 소리는 바깥이 아니라 머릿속에서 울렸다.

끼이이이이이이익—.

더 가까워졌다.

신경을 베는 소리였다.

심장을 할퀴는 소리였다.

"아아아악!"

준은 다시 귀를 막았다. 귀청이 찢어질 것 같은 쇳소리가 신경을 긁는다. 내면에서 끊임없이 이건 가짜라고, 그저 환각일 뿐이라고 소리치지만 믿을 수 없다. 자신 앞에 떡 버티고 있는 저 악마. 바로 앞에 또렷하게 보이는데 가짜일 리가 없다. 저소리, 귀에 강력하게 울리는 저 쇳소리가 들리는데 저것이 허상일 리 없다. 자신의 눈을, 귀를 믿지 않을 수 없다.

도망가고 싶지만 몸이 움직이지 않는다. 기어서라도 나가려고 발버둥을 쳤다. 하지만 사방이 벽으로 꽉 막혔다. 나갈 문이 없다. 마음이 급해진다. 달아나야 한다. 악마는 서서히 심장을 조여온다.

악마가 코앞까지 왔다. 악마의 그림자가 벽에 일렁인다. 뒤에서 도끼가 천천히, 아주 천천히 들어 올려졌다.

그건 고통의 '예고'였다.

준은 벽을 두드린다. 미친 듯이 두드린다. 벽은 문이 되지 못한다. 두드려도 열리지 않는다. 악마는 히죽거리며 준의 머리통을 향해 도끼를 내려친다. 준은 죽을힘을 다해 피한다. 바닥에 도끼가 박힌다. 바닥이 갈라진다. 준은 필사적으로 다시 문을 찾는다. 아, 저 멀리에 문이 보인다. 진짜 문이다. 달려가 악착같이 손잡이를 붙잡는다. 손잡이를 돌리려는 손이 미친 듯이 떨린다. 떨림은 준의 의지가 아니다. 몸이 알아서 공포에 반응하고 있었고, 준은 그걸 멈출 수 없었다.

숨이 턱 막혔다. 심장이 미친 듯이 뛰었다. 머릿속은 터질 듯이 울렸다. 쇳소리가 다시 가까워졌다. 마음처럼 손잡이가 돌아가지 않는다. 당겨도 밀어도 열리지 않는다.

다시 쇳소리가 난다. 악마가 도끼를 다시 끌고 온다. 정확히 귓불 뒤에서 들려온다. 손잡이에서 손이 미끄러진다. 악마의 숨소리가 느껴진다. 뒤를 돌아봤다. 이번엔 악마가 준의 발을 향해 도끼를 내려친다. 금속이 살을 때린다. 순간 발등이 찢어지는 듯해 비명이 절로 터진다.

"아아악, 살려줘! 제발!"

준이 발을 두 손으로 감싸며 발악한다.

그때 어디선가 이질적인 음악 소리가 들린다. 악마가 내는 소리인가?

딩동, 딩동, 딩동.

이건 쇳소리가 아닌데.

다시 도끼를 끌고 악마가 다가온다. 곧 준을 향해 저 도끼를 내리칠 것이다. 준은 필사적으로 두 손에 힘을 줘 손잡이를 돌렸다. 손잡이가 돌아간다. 드디어 문이 열렸다. 하지만 안전 고리가 걸린 채, 손가락 하나 겨우 들어갈 만큼만. 그 좁은 틈 사이로 새로운 악마가 나타난다. 턱수염이 난 악마. 이번엔 택배를 들고 있다.

"택배입니다. 아, 이거 보낸 사람이 등기로 보내서 사인을 받아야 해서요."

준은 그를 멀뚱히 본다. 악마는 말을 못 하는데……. 뒤를 돌아본다. 고시텔 안에서 악마가 사라졌다. 준이 얼굴을 두 손으로 쓸어내렸다. 이제 환영은 사라졌다.

"누, 누구세요?"

여전히 안전 고리를 풀지 않은 채 물었다.

"해외에서 택배가 와서요."

얼마 전 지석이 한 말이 생각났다. 택배가 도착할 거라는 얘기가. 택배 상자가 제법 컸다.

"문 앞에 두시고 가세요."

준이 문을 닫으려고 하자 택배 기사가 문을 꽉 잡았다.

"아, 다시 말씀드리지만 등기로 온 거라 사인이 필요합니다. 우선 택배 본인 것 맞죠? 이름이 독고준이죠?"

"네, 맞아요."

"오, 제가 제대로 갖고 왔네요. 사인 한 번만 해주시면 됩니다."

준은 어쩔 수 없이 안전 고리를 풀었다. 그러자마자 문이 활짝 열리면서 경찰이 들이닥쳤다. 준은 도망가려 했지만 몸이 따라주지 않았다.

"독고준 학생, 덤으로 이것도 받으십시오. 이건 국내 직송입니다!"

턱수염이 더부룩하게 난 택배 기사의 손에는 은색 수갑이 달랑거리고 있었다. 준은 놀라 고시텔 창문 쪽을 향해 달아나려 했다. 그러자 기사가 발을 걸어 준을 넘어뜨렸다.

"서울지방경찰청 마약수사대입니다. 독고준 씨, 당신을 마약 밀매 혐의로 체포합니다. 체포영장은 여기!"

준의 손목에 바로 수갑이 채워졌다.

"당신은 변호사를 선임할 권리가 있으며 묵비권을 행사할 권리도 있습니……."

준은 바닥에 엎드려 형사가 하는 말을 멍하니 들었다. 그의 손에 들려 있던 택배 상자에서는 씨앗들이 나왔다. 준은 흩어진 씨앗도 멍하니 봤다.

"미국 인터넷 사이트에서 대마초 재배 세트를 구매하면 안 들킬 줄 알았지? 네가 주문할 때 경찰도 그걸 보고 있었다는 건 몰랐지? 택배가 어디로 가는지 다 보고 있다가 이렇게 택배랑 같이 오는 거지. 어떻게 아냐고? 우리는 유비쿼터스거든!"

형사는 어딘지 신나 보였다.

오징어 잡는 법_선우

나는 7호 처분을 받고 소년원에 송치되었다. 겉모습은 평범한 학교 같다. 정문엔 ○○고등학교라는 팻말도 걸려 있다. 하지만 이름만 학교일 뿐, 진짜 학교는 아니다. 교육부 소속도 아니다. 법무부 산하다. 그러니까, 학교처럼 보이지만 실은 감옥이다.

도착하자마자 내가 입고 간 옷은 모두 벗겨졌다. 지급된 체육복 같은 단체복으로 갈아입고, 속옷도 바꿔 입었다. 외출은 당연히 금지고 교실, 복도, 운동장, 심지어 방 안까지 CCTV가 있다. 잠을 잘 때도 불을 끌 수 없다. 내 마음대로 했던 삶은, 완전히 사라졌다.

이곳에서 가장 자주 듣는 말은 "규칙을 지켜라"다. 침대 정리, 청소처럼 사소한 일도 예외는 없다. 당연한 일이다. 나는 '하지 말아야 할 것'을 했고, 그래서 여기에 왔다.

규칙을 지킨다는 건 생각보다 어려웠다. 인내심이 필요했고, 충동을 누를 수 있어야 했다. 쉬운 일처럼 보이지만, 나는 그걸 늘 무시하고 살았다. 그런데 그런 기본적인 걸 지키는 일이 오히려 삶을 단단하게 만든다는 걸 이곳에서 처음 알았다. 기본이 무너지면 삶도 같이 무너진다는 걸, 나는 나 자신을 통해 이미 겪었다.

이곳에서 가장 기다려지는 순간은 인터넷 서신을 받는 날이다. 부모님이나 친구들이 홈페이지에 쓴 편지를 선생님이 출력해 가져다준다. 별거 아닌 종이 한 장이 여기선 세상과 이어진 유일한 창문 같다. 특히 채송이가 보내준 학교 이야기와 짧은 근황을 담은 한 장의 편지는 내가 여기서 무너지지 않도록 붙잡아주는 마지막 끈이 되어주었다.

너 잘 지내니?

난 그럭저럭.

학교는 여전히 재미없고, 인싸들은 여전히 시끄럽고, 급식은 여전히 맛없어. 그래도 요즘은 좀 살 만해졌어. 책에서 좋은 문장을 찾으면 그걸 릴스로 만들어 올리는 재미에 빠졌거든. AI가 영상도 잘 만들어주니까 말이야.

어제 만든 릴스엔 전에 내가 진짜 힘들었을 때 마음 붙였던 문
장을 넣었어.

"어둠은 어둠을 몰아내지 못한다. 오직 빛만이 어둠을 몰아낼
수 있다."(마틴 루서 킹 Jr.)

예전엔 그냥 멋진 문장이라고만 생각했는데, 읽을수록 마음
에 남아. 무슨 뜻인지 이제 조금은 알 것 같아. 누군가가 미워
지거나 세상이 다 원망스러울 때 나도 똑같이 미워하고 원망
하면, 결국 나도 어둠에 삼켜지는 거더라고. 그래서 루서 킹은
말한 거야. 증오를 없애려면, 사랑해야 한다는 걸. 상처를 이
겨내려면, 또 다른 상처가 아니라 이해가 필요하다는 걸.
네가 지금 어떤 어둠 속에 있든, 그걸 밀어내는 건 또 다른 어
둠이 아니야. 네 안에 남아 있는 작은 빛, 그게 너를 다시 꺼내
줄 거야.
그리고 말이야, 사람은 자기가 어떤 사람인지를 알게 되는 데
시간이 좀 걸린대. 지금 네가 그곳에 있는 건 너 자신을 제대
로 알아가기 위한 시간일지도 몰라. 내가 힌트를 하나 주자면,
너는 네가 생각하는 것보다 훨씬 괜찮은 사람이야. 널 TV에서
본 사람들은 다 그렇게 생각했을 거야. 나도 그랬고.
잘 지내. 너 나올 날을 목 빠지게 기다릴 거야.

왜냐면, 너 떡볶이 안 사고 들어갔거든.

그 약속은 지켜야지.

- 채송이

너는 네가 생각하는 것보다 훨씬 괜찮은 사람이야.

난 오래 그리고 자주 그 문장을 읽었다. 읽을 때마다 웅크린 마음속 나를 누군가가 조용히 안아주는 듯했다. 그 믿음에 보답하고 싶어졌다.

퇴소 하루 전에 형사님이 면회를 왔다.

"근데 어떻게 오셨어요?"

"차 타고 왔지."

"아, 진짜 들어도 들어도 적응이 안 되네요, 아저씨 말은."

"큭큭큭, 내가 이래 봬도 애프터서비스에 진심인 사람이다. 내가 들여보낸 놈, 나올 때도 내가 배웅해준다는 나만의 원칙이 있지. 청소년에 한정해서. 내일은 가족들 잘 만나서 즐겁게 지내라고 이 아저씨는 하루 일찍 왔다."

아저씨의 따뜻한 마음 씀씀이에 내가 줄 것이라곤 웃음밖에 없어서 고맙다는 말과 함께 밝게 미소지었다. 아저씨는 나를 위해 도시락을 준비해왔다. 집밥 같은 음식이었다. 밥과 미역국 그리고 오징어무침과 계란말이, 몇 가지 나물 반찬이 들어 있었다.

"야, 식단이 완전 너를 위한 거다."

아저씨가 평범해 보이는 도시락을 열며 호들갑을 떨었다.

"그냥 평범한데요."

"아니지! 이 미역국 봐라. 이제 네가 새사람으로 재탄생해서 나갈 거라는 걸 알려주는 거야. 재탄생할 널 위한 생일 축하 음식이지."

"오늘이 아니라 내일 나갈 건데요, 뭐."

"에이, 오늘이나 내일이나 의미가 중요한 거지. 오, 여기 오징어무침도 있네. 내가 오늘 여기 온 건 다 오징어 얘기를 해주려고 한 건데. 와, 진짜 도시락 사장님 센스 짱이다."

"오징어 이야기요?"

아저씨가 또 무슨 아재 개그를 할지 기대하며 물었다.

"오징어에 대해 제일 잘 아는 사람은 누굴 것 같냐?"

젓가락으로 오징어무침을 집으며 형사님이 물었다.

"글쎄요, 해양생물학자가 아닐까요?"

나는 입안 가득 밥을 넣으며 대답했다.

"응, 그럴 수 있지. 근데 나는 진짜 오징어 박사님들은 오징어잡이 하는 어부들이지 않을까 싶어. 왜냐하면, 그들에게 그건 생계를 이어나갈 직업이기 때문이지. 먹고사는 일보다 더 중요한 게 어디 있냐. 아마 오징어를 잡기 위해 오징어의 생태를 진짜 박사님들보다 더 공부했을 거야."

미역국을 삼키며 고개를 끄덕였다. 일리 있는 말이었다.

"오징어 어떻게 잡는지 본 적 있니?"

"아뇨, 없어요."

"오징어 조업 배들은 저녁에 출항해. 오징어는 낮엔 깊은 바다에 숨어 있다가 어두워지면 물 위로 올라오거든. 그놈들이 빛을 엄청 좋아해. 불빛이 번쩍이면 미친 듯이 몰려들어. 그래서 배에 집어등을 어마어마하게 달고 나가지. 바다 위를 환하게 밝혀 놓고, 포인트에 도착하면 낚싯줄 수십 개에 플라스틱 미끼를 달아 물속으로 쭉쭉 넣는 거야. 그 미끼엔 형광물질이 칠해져 있어서 불빛 아래에선 진짜 물고기처럼 보여. 오징어는 그게 진짜 먹잇감인 줄 알고 덥석 무는 거지. 근데 물고 나서야 아는 거야. '아, 나 속았구나' 하는 거지, 흐흐흐."

나는 아저씨의 말을 들으며 부지런히 젓가락질했다.

"너도 집어등에 비친 가짜 미끼를 진짜라고 여겨서 여기까지 온 거라는 얘기야."

아저씨는 잠시 물을 마시며 말을 멈췄다.

"인간 세상도 비슷해. 너희 같은 청소년을 낚으려는 나쁜 사람들이 많아. 나쁜 사람들에게 너희는 이용 가치가 창대한 금빛 물고기지. 그들은 어린이와 청소년의 생태에 대해 청소년 전문가보다 더 열심히 공부해. 그래서 애들이 예능이나 드라마 좋아하고 영화 좋아하는 걸 이용해서 불법 다운로드 사이트를 만들어 유혹하는 거지. 한마디로 그걸로 낚시하는 거야. 요즘은 휴대폰 하나로 뭐든 할 수 있는 시대잖아. 애들이 휴대폰 끼고 사는 걸 아니까 인터넷 곳곳에 가짜 미끼를 끼워서 낚싯대를 흔들어대는 거지. 한 명만 잡으면 오징어 떼처럼 한꺼번에 몰린다는 것도 잘 알고 있으니까. 너도 친구들한테 불법 도박 사이트 소개해줬을 거 아니냐? 그 나이 때는 또래 문화 때문에 친구들이 하면 다 따라 하거든. 휩쓸리기 쉬운 나이지."

식사를 마친 나는 수저를 놓고 아저씨의 말을 경청했다.

"도박이란 미끼를 물면 그다음은 사채업자들이 기다리고 있고, 그다음엔 그걸 갚기 위해 범죄를 저지르게 되지. 내가 하고 싶은 말은, 널 유혹하는 반짝이는 것들을 볼 때 항상 조심해야 한다는 거야. 어른이 되어서도 마찬가지야. 빛나는 미끼를 흔들며 유혹하는 인간은 어디에나 있고, 평생 우리를 따라 다닌다고 봐야 해."

"한번 호되게 걸려봤잖아요. 이젠 절대 그런 삶을 살고 싶지 않아요."

나는 고개를 세차게 저으며 말했다.

아저씨는 아재 개그를 오백 개는 더하고 떠났다. 짜증 나게도 그때마다 나는 웃음을 터뜨렸다. 아저씨와 유머 코드가 맞다는 게 화가 나지만, 웃긴 건 웃긴 거다.

떠날 때, 아저씨가 먼저 악수를 청했다. 내 손을 꽉 잡고 흔들어주었다. 아저씨의 손은 크고 따뜻했다. 그 온기가 마음까지 전해졌다.

나는 돌아와 오늘 일도 글로 썼다.

이곳에 들어온 뒤로 매일 일과를 글로 남기고 있다. 그 글에는 늘 과거의 부끄러운 내가 등장한다. 그때의 '나'는 남 탓을 잘했고, 순간의 쾌락에만 반응했으며, 누군가가 미끼를 던지면 망설임 없이 덥석 물었다.

'그땐 왜 미끼가 눈에 보이지 않았을까?'

이곳에 있는 내내 생각했다. 그때의 미끼는 너무 반짝였고, 너무 쉽게 손에 닿을 것처럼 보였다. 하지만 돌이켜보면 그건 내 욕심이 진짜처럼 보이게 만든 것뿐이었다. 착각이었다. 결국 나를 가장 잘 속인 건, 나 자신이었다.

반짝이는 미끼 뒤에 날카로운 갈고리가 달려 있다는 걸 나는 어렴풋이 알고 있었다. 하지만 미끼가 너무 유혹적이라 그냥 삼켜버렸던 거다. 그 후로는 끌려다니며 몸부림치는 삶을 살았다. 내가 몸부림칠 때마다 갈고리는 더욱더 내 몸을 파고들었고, 갉아먹었다.

부끄러운 과거를 들여다보는 건 생각보다 더 괴롭고 힘든 일이다. 하지만 그 고통을 마주하지 않고는 앞으로 한 걸음도 나아갈 수 없다는 걸, 이제는 안다. 내 삶을 무너뜨린 건 결국 내가 내린 잘못된 선택들이었고, 나는 내 손으로 내 미래를 저당 잡고 있었던 셈이었다. 나는 그걸 나 자신에게 끊임없이 상기시키고 있고, 또 그러기 위해 글을 쓴다. 스스로 만든 감옥에서 나갈 수 있는 유일한 방법이기 때문이다. 언젠가는 이 글들을 마주했을 때, 부끄럽지만 담담하게 "그건 내 일부였지만, 더 이상 전부는 아니야"라고 말할 수 있게 될 날이 올 때까지 기록을 계속 이어갈 것이다.

송이와 진수가 내일 우리 부모님과 함께 온다고 했다. 진수는 두부를 사들고 오겠다고 너스레를 떨었다. 내일이다. 내일, 나는 여기를 나간다. 문을 열고, 바깥세상으로 나간다.

내일. 내일이 진심으로 기대된다.

다시 봄, 재활센터에서

뉴스에 국내 최대 마약 상선이 잡혔다는 소식이 떴다. 화면에 상선의 얼굴이 클로즈업되었다.

준은 밥을 먹다 그를 보고 눈이 커졌다. 자신의 롤모델이었던 황금광이었다. 황금광은 외모가 완전히 망가져 있었다. 운동광이었던 몸은 몰라볼 정도로 말랐고 근육이라고는 하나 찾아보기 힘들 지경이었다. 얼굴은 삼십대라고 믿기 어려울 정도로 피부에 탄력이 사라지고 푸석한 모습이었다. 수염은 제멋대로 자라 망나니처럼 보였다. 황금광은 마약 상선이자 중독자였다. 그의 죄목은 여기에 그치지 않았다. 주가조작 혐의도 있어 조사 중인 상태였다.

"주가조작? 짧은 시간에 돈을 많이 번 이유가 따로 있었구

나. 나는 그런 줄도 모르고 저 사람 닮겠다고 발버둥 친 거였어. 지석아, 근데 저 사람은 저렇게 돈을 많이 벌었는데 왜 약까지 손댔을까?"

준의 말에도 지석은 아무 말도 안 하고 유튜브만 봤다. 황금광은 마약을 한 채 심야에 스포츠카를 몰고 나와 교통사고를 일으켰다. 경찰은 음주 운전으로 착각해 추적을 시작했고, 결국 서울에서 파주까지 쫓아가서야 그를 붙잡았다. 군인이 저지하지 않았다면 아마 북으로도 갔을 거다.

"저놈은 운전에 꽂혔네."

준이 중얼거리듯 말했다. 마약을 하면 사람마다 꽂히는 것이 다르다. 어떤 사람은 황금광처럼 운전에 꽂히고 어떤 사람은 여자에, 어떤 사람은 청소에 꽂혀 수 시간 동안 청소만 하기도 한다고 했다.

백만 유튜버 황금광은 수갑을 찬 채로 수많은 기자 앞에 섰다. 준은 자신의 우상이 하루아침에 몰락한 걸 보기 힘들었다. 그처럼 되기 위해 최선을 다했으니까. 하지만 둘은 결국 같은 처지가 되었다.

"지석아, 약을 너무 많이 해서 머리가 나빠졌나 봐. 우리는 돈 벌어서 뭘 했지? 우리는 돈 벌어서 행복했나?"

"시발아, 돈이면 다 되는 세상인데 당근 행복했지. 우리 다시 사업하자. 이번엔 나만 믿어."

준은 멍하니 지석의 퀭한 눈을 봤다. '나만 믿어'라는 말을 믿을 수가 없었다. 두 손으로 머리를 헝클어트렸다.

다 무너졌다. 자신의 우상도, 함께했던 친구도 그리고 자기 자신도. 그렇게 무너진 마음 가장 깊은 곳에서, 아버지가 떠올랐다.

며칠 전, 준에게 아버지가 찾아왔다. 면회실 문을 열자마자 잔소리가 쏟아졌다.

"지금 네 꼴이 뭐냐? 이게 사람 사는 꼴이냐? 네가 뭐가 부족해서 자꾸 이런 미친 짓을 해? 머리도 되지, 뒷받침해줄 집도 있잖아. 근데 왜 이딴 데까지 굴러떨어져 있어?"

준은 입술을 깨물며 조용히 듣고 있었다. 하지만 아버지는 멈추지 않았다.

"멍청한 놈. 가진 거 하나 제대로 못 써먹는 놈. 도대체 어디다 쓸 놈이냐, 너는."

그 순간, 준 안에서 뭔가가 퍽, 하고 터졌다.

"아버지, 제가 왜 이 지경이 됐는지 정말 모르세요? 아버지가 그랬잖아요, 세상에 믿을 건 돈밖에 없다고요. 돈이 권력이고, 돈으로 뭐든 다 할 수 있다면서요. 목표가 있으면 수단과 방법을 가리지 말라고, 그게 살아남는 법이라고 매번 말했잖아요!"

그러나 아버지는 여전히 입을 다물지 않았다.

"내 말뜻도 못 알아듣고 그걸 그렇게밖에 못 써먹은 네가 병신이지."

준은 악을 쓰듯 내질렀다.

"돈이 목적이라 뭐든 했어요. 아버지도 그랬잖아요, 골프채에 돈 가득 넣어 사람 매수하고, 사업도 불법적으로 벌이고! 근데 왜요? 왜 지금 와서 저한테 돌을 던져요? 난 아버지한테 배운 대로 살았을 뿐이에요!"

준의 말이 끝나자 방 안엔 정적이 내려앉았다. 아버지는 표정이 일그러지더니 말문이 막힌 듯 입술을 꾹 다문 채 한참을 서 있었다. 그러고는 준을 잠시 내려다보며 경멸 섞인 눈빛을 남기고 돌아섰다.

문이 닫히는 소리가 탁, 하고 울렸다.

동시에 준의 무릎이 꺾였다. 아버지가 다시는 오지 않을 것 같았다. 그 문소리가, 아버지 마음의 문이 닫히는 소리처럼 느껴졌다.

뭔가 허전했다. 더 큰 뭔가도 잃은 것 같았다. 하지만 그게 뭔지 도무지 떠오르지 않았다.

'뭐였을까, 뭐였지……?'

몸은 나른했고, 눈가에는 다크서클이 짙게 내려앉았다. 눈동자는 자주 초점이 흐려졌고, 얼굴엔 표정이 사라졌다. 멍하니 앞을 바라보는 시간이 점점 늘어갔다.

준은 재활치료를 여러 번 받았지만, 갈망을 이기지 못하고 매번 유혹에 졌다. 마약을 구하는 루트를 누구보다 잘 아는 준에게 그 싸움은 늘 불리했다. 그렇게 감옥과 보호소, 재활센터를 무한루프를 돌듯 들락날락했다. 끝이 없는 낙하처럼, 한 번 미끄러진 삶은 도무지 멈출 줄을 몰랐다.

센터 소장은 늘 말했다, 마약은 끊는 게 아니라 참는 거라고. 언제든 다시 시작할 수 있을 정도로 유혹적이니까. 그 말은 사실이었다. 몸이 이미 기억하고 있기에, 누군가가 유혹하면 쉽게 손이 갔다.

마약의 후유증은 지독했다. 몸이 점점 말라갔고, 근육은 빠졌고, 지능도 눈에 띄게 떨어졌다. 책을 읽어도 이해가 잘되지 않아 몇 번이고 읽기를 되풀이해야 했고, 말을 하다 보면 단어가 떠오르지 않아 문장이 자주 끊겼다.

그보다 더 극심한 건 우울감이었다. 별안간 파도처럼 몰려와 준을 덮치고, 삼키고, 아무 힘도 쓰지 못하게 만들었다. 아무 일도 일어나지 않는데도 숨이 턱턱 막혔다. 마음은 한없이 무거워져 깊은 호수에 던져진 돌처럼 밑도 끝도 없이 가라앉았고, 아무런 의욕도 떠오르지 않았다. 그저 이불 속으로만 파고들었다.

"다른 거 보자."

준은 채널을 돌렸다. TV 토론이 나왔다. 주제는 청소년 마약중독. 지난해 마약에 취해 조폭들에게 달려들다 사망한 청소년의 이야기가 인용되었다. 영상도 나왔다. 왜소한 청소년이 작은 과도를 들고 허우적거렸다. 그 앞에서 조폭들이 배를 잡고 키득거렸다. 조폭 한 명이 어퍼컷을 날리는 포즈를 취하기만 했는데 소년은 허수아비처럼 힘없이 쓰러졌다. 조폭은 당황해하며 119에 신고를 했다. 사인은 급성 약물중독에 의한 심정지였다.

준이 TV 화면과 지석을 번갈아 봤다.

"너랑 닮았어."

"뭐가?"

"TV에 나온 애."

"여기에 TV가 어딨어. 너 또 약 했냐? 난 조폭 유튜브 영상이나 봐야겠다."

준은 햇볕을 쬐러 밖으로 나갔다. 지석도 따라 나왔다. 보호소 주변이 높은 담벼락으로 둘러싸여 있어 바깥 풍경은 잘 보이지 않았지만, 푸른 하늘이 아름다웠다.

"저 벽을 넘어 다시 일상으로 돌아갈 수 있을까? 지석아, 솔직히 말해서 난 지금도 약 하고 싶은 마음뿐이야."

준이 중얼거리듯 말했다. 지석은 아무 대꾸도 하지 않았다. 준은 옆을 돌아봤다. 지석이 사라졌다.

"지석아!"

불러도 답이 없다. 지석은 요즘 제멋대로였다. 나타났다 사라지기를 반복했다.

"지석아!"

준이 다시 지석을 불렀다.

그 순간, 준은 자신의 목소리만 텅 빈 공간에 울린다는 걸 깨달았다. 지석이라면 벌써 비웃으며 한마디 했을 텐데 이번엔 아무 말도, 아무 소리도 없었다. 그리고 아까 본 TV의 한 장면이 떠올랐다. 쓰러지는 지석의 모습이.

준의 입술이 바르르 떨렸다. 눈앞이 흐려졌다.

머릿속을 떠돌던 어지러운 안개가 잠시 걷히고, 그날의 기억이 파편처럼 떠올랐다. 음료수를 마시는 지석, 칼을 들고 나가는 지석의 뒷모습.

가슴이 철렁 내려앉았다. 준은 멍하니 중얼거렸다.

"그날, 지석이는 나간 뒤…… 돌아오지 않았잖아, 나 때문에……."

말끝이 허공에 흩어졌다. 그제야 뭔가를 잃었다는 감각이, 슬픔이 아닌 '사실'로 가슴을 눌렀다. 잊고 있었던 것도 아니고, 견뎌낸 것도 아니었다. 그저 감당할 수 없어 외면했을 뿐이었다. 심장이 아파졌다. 준은 참지 못하고 울음을 터뜨렸다. 울고 또 울었다. 가슴속 응어리가 모두 풀릴 때까지.

얼마나 지났을까. 담 너머로 사람들의 웃음소리와 걷는 소리, 아이들의 재잘거리는 소리가 났다. 드문드문 음악 소리도 났다. 귀에 다시 세상의 소리가 스며들기 시작했다. 준은 손등으로 눈물을 훔쳤다. 그동안 소음처럼만 들리던 소리에 처음으로 귀를 기울였다. 소리에 행복이 묻어났다. 따뜻함도 느껴졌다. 그리고 기억났다. 한때는 자신도 그 안에 있었다는 것이. 웃고, 뛰고, 무언가를 꿈꾸던, 반짝이던 자신이.

'돌아가고 싶다.'

준은 하늘로 눈길을 돌렸다. 하얀 솜털 같은 뭉게구름이 푸른 바다 같은 하늘을 배경으로 수채화처럼 그려져 있었다. 뭉게구름은 바람에 밀려 담벼락을 사뿐히 넘어갔다.

작가의 말

몇 해 전, 이야기창작발전소 스토리창작소재 발굴 과정에 참여했을 때 마약과 도박 전문가들의 강의를 들으며 충격적인 현실을 직시하게 되었습니다. 대한민국이 더 이상 '마약 청정국'이 아님을 깨달았고, 우리 청소년들이 마약, 도박 그리고 그 이면에 도사린 잔인한 폭력에 너무나 쉽게 노출되고 있다는 불편한 진실을 마주했습니다.

사실 이 소재로 글을 써야겠다는 마음이 들었으면서도 한동안 머뭇거렸습니다. 소재가 너무 강했기 때문입니다. 하지만 바로 그래서 더욱 써야겠다는 생각에 이르게 되었습니다.

J.D. 샐린저의 『호밀밭의 파수꾼』(1951)에는 다음과 같은 구절이 있습니다. 주인공 홀든 콜필드는 말합니다.

"내가 할 일은 아이들이 절벽으로 떨어질 것 같으면 재빨리 붙잡아주는 거야. 애들이란 앞뒤 생각 없이 마구 달리는 법이니까 말이야."

이 작품은 바로 그런 마음에서 시작되었습니다. 벼랑 끝을 향해 앞뒤 가리지 않고 달려가는 아이들. 그들이 발을 헛디뎌 돌이킬 수 없는 절망의 늪으로 떨어지기 전에, 누군가가 재빨리 손을 내밀어 붙잡아주기를 바라는 마음을 담았습니다. 이 소설이 우리 사회의 어둡고 불편한 진실을 잠시라도 비추고, 지금 이 순간 위험에 처한 청소년들에게 아주 작은 '파수꾼' 역할이라도 해주기를 간절히 소망합니다.

이 자리를 빌려 이 작품에 기꺼이 추천사를 써주시고, 작중 형사 캐릭터의 영감이 되어주신 이대우 형사님께 깊은 감사를 전합니다. 또한 글쓰기라는 외로운 여정을 함께 걷고 있는 어작교의 로맨스방, 장편방, 대박방 선후배님들께도 진심으로 감사드립니다. 여러분의 존재가 제게 큰 힘이 되었습니다. 언제나 변함없는 믿음과 사랑으로 저를 지지해주는 가족에게도 깊은 애정을 보냅니다. 여러분이 있었기에 끝까지 이 이야기를 써낼 수 있었습니다.

박지숙

아이스크림방에 알람이 울리면

ⓒ 박지숙, 2025

초판 1쇄 인쇄일 2025년 12월 16일
초판 1쇄 발행일 2025년 12월 31일

지은이	박지숙
펴낸이	정은영
편집	전유진 임종현 김수진
디자인	강우정
마케팅	이언영 임동렬 임병천 이경민
IP기획	신은혜 김현영
제작	홍동근

펴낸곳	네오북스
출판등록	2013년 4월 19일 제2013-000123호
주소	04047 서울시 마포구 양화로6길 49
전화	편집부 (02)324-2347, 경영지원부 (02)325-6047
팩스	편집부 (02)324-2348, 경영지원부 (02)2648-1311
이메일	neofiction@jamobook.com

ISBN 979-11-5740-487-2 (03810)

본 도서는 (재)전북특별자치도문화관광재단 '2025년 문화예술육성지원사업'에 선정되어
보조금을 지원받은 사업입니다.